L'ÉTÉ DE NOS VINGT ANS

Consacré en 2015 comme l'un des dix romanciers préférés des Français, Christian Signol est né dans le Quercy et vit à Brive, en Corrèze. Deux veines dans son œuvre : celle des grandes sagas populaires en plusieurs tomes (de *La Rivière Espérance* aux *Messieurs de Grandval* en passant par *Les Vignes de Sainte-Colombe*, Prix des Maisons de la Presse 1997) et celle des œuvres plus intimistes, récits ou romans, telles que *Bonheurs d'enfance*, *La Grande Île*, *Ils rêvaient des dimanches* ou *Pourquoi le ciel est bleu*. Depuis trente ans, son succès ne se dément pas. Ses livres sont traduits en quinze langues.

CHRISTIAN SIGNOL

L'Été de nos vingt ans

ROMAN

ALBIN MICHEL

© Éditions Albin Michel, 2018.
ISBN : 978-2-253-10168-0 – 1re publication LGF

À mon père.

« Qu'elle est admirable la jeunesse de l'homme !
Elle est toute d'angoisse et de féeries,
et il n'arrive jamais à la connaître sous son vrai jour,
que lorsqu'elle l'a quitté pour toujours. »

Thomas Clayton WOLFE

1

Je suis persuadé que la proximité de deux ou trois êtres exceptionnels dans une vie suffit à l'illuminer pour toujours. Sans doute parce que j'ai eu cette chance au cours des heures les plus graves mais les plus intenses de mon existence, dont la tragique beauté me poursuit et me hante. Elles ne cessent de me réveiller la nuit, m'emportent irrémédiablement vers la gloire de ma jeunesse et les deux êtres magnifiques que je côtoyais alors, pendant ces merveilleux étés qui ne reviendront plus.

Elle s'appelait Séverine, et lui Charles. Je les ai aimés comme on aime à vingt ans, avec le cœur et l'âme de ceux qui n'ont encore renoncé à rien : ni à leurs rêves, ni à leurs exigences, ni à leur innocence. Nous vivions dans ce coin de Dordogne où la douceur des jours témoigne d'une vie établie là depuis longtemps, à proximité des forêts et des rivières où nous allions nous perdre ou nous baigner dans l'insouciance d'une adolescence qui nous faisait refuser tout ce qui, au cours de nos lumineuses vacances, était étranger à notre bonheur. Heures lentes et délicieusement chaudes, protégées par un ciel sans nuages et un silence que pacifiait le bourdonnement des mouches engluées dans un air au parfum de fleurs d'acacia. Il suffisait de respirer cet air-là pour se sentir au cœur du monde, du moins de ce monde-là, qui, nous n'en doutions pas, avait été créé pour nous.

Des villages aux pierres ocre dormaient autour de leur église, dans une paix que nul ne croyait menacée. Leurs habitants menaient la vie à laquelle ils étaient habitués depuis des siècles : une existence étroite, économe, avec le seul souci de manger à leur faim et d'élever des enfants qui mèneraient cette même vie routinière et cependant heureuse dans sa simplicité en harmonie avec les champs et les saisons.

Parfois, pourtant, au détour d'une pensée ou d'un chemin familier, nous devinions confusément que le temps pressait, mais rien n'aurait pu nous distraire de notre liberté et de nos escapades le long des petites routes qui semblaient ne mener nulle part ; Séverine devant, sur sa bicyclette verte, Charles et moi derrière, pour mieux admirer ses cheveux bruns qui flottaient dans le vent, ses jambes nues sous sa robe légère, ses bras déliés que les manches courtes d'un corsage bouffant libéraient avec grâce dans la douceur magique de ce temps où nous étions si heureux.

Qui nous dira où s'en vont ceux que nous avons aimés plus que nous-mêmes ? Sans doute pas ce sage tibétain qui prétendait que la vie est semblable à un oiseau sauvage qui se pose sur la neige pour quelques heures de repos, y laisse les traces de ses pattes, puis s'envole on ne sait où. Deux vies qui m'étaient chères, celle de Charles et celle de Séverine, ont disparu ainsi, laissant des traces sur une neige qui, depuis ces jours bénis de ma jeunesse, s'est posée sur mon cœur.

Si je ferme les yeux, je revois Séverine balançant la tête en suivant le rythme de sa chanson préférée qu'elle fredonnait sans cesse, et j'entends ce refrain qui n'a jamais déserté ma mémoire, quelques mots seulement, mais riches encore de cette voix qui, hier aussi bien qu'aujourd'hui, résonnait en moi comme une promesse :

> « Et ta main dans ma main
> Qui joue avec mes doigts
> J'ai mes yeux dans tes yeux
> Et partout l'on ne voit
> Que le ciel merveilleux… »

Charles, lui, rejetait machinalement de côté deux mèches rebelles, brunes elles aussi, qui coulaient d'une raie centrale et dissimulaient par moments des yeux si vifs qu'on les savait capables de comprendre même ce que l'on n'exprimait pas, tandis que son visage fin, à la peau mate, prolongeait un corps mince mais musculeux. Il riait constamment, pédalait sans donner l'impression de se fatiguer, et je me demandais déjà, à ses côtés, comment il avait conquis le pouvoir de dégager cette sensation de fragilité et de force, cette finesse et cette intelligence que je n'ai retrouvées chez aucun homme. C'était mon ami, le compagnon de mon adolescence, mon confident, ce frère que je n'avais jamais eu et que j'avais tellement espéré pendant mes premières années. Il comblait sans le savoir une solitude qui depuis toujours m'avait paru un peu lourde auprès de mes parents absorbés dans leur travail quotidien, âpre, besogneux, et cependant tellement précieux pour notre famille.

Pourquoi faut-il donc que disparaissent si vite de nos vies ceux qui savent si bien les embellir ?

Et pourquoi me suis-je décidé à révéler aujourd'hui ces secrets que j'ai gardés longtemps au fond de moi, comme un trésor aussi précieux que douloureux ? Peut-être parce que le fait d'écrire me donne l'espoir de revivre ces heures ardentes mieux que dans une mémoire qui finira par s'effacer plus sûrement que la rosée sous un soleil d'avril. Peut-être aussi parce que je ne veux pas disparaître sans que l'on sache ce qui s'est réellement passé – ce qu'un homme et une femme sont capables de réaliser quand ils se heurtent à la folie d'une époque, et qu'ils ont acquis la conviction de ne pas pouvoir vivre l'un sans l'autre.

Ces secrets, cette existence qui furent nôtres, je n'en ai jamais parlé à personne, à part à celle qui a partagé ma vie, après Charles et Séverine. Mais je possède encore la dernière lettre de Charles, celle qu'il m'a écrite une fois que Séverine eut gagné ces lieux lointains où nous l'avons crue perdue pour toujours. Le temps passé sur le papier jaune pâle n'a pas effacé les mots terribles qu'une encre épaisse a imprégnés définitivement, comme sur un parchemin. J'ai vécu sans doute trop longtemps avec le remords de n'avoir su les aider, et de cette blessure ouverte en moi je n'ai jamais guéri.

Peut-être aussi ces pages sont-elles destinées à trouver enfin une délivrance après tant d'années, car ma vie, après eux, n'a jamais été éclairée par un aussi magnifique soleil, pour la simple raison que la jeunesse, seule, est capable d'en capter les rayons d'or, couleur de miel, qui ne savent briller que pour elle.

2

Je m'appelle Antoine Salagnac. Je suis né en 1920, et donc j'ai eu dix-sept ans en 1937, l'année où nous avons rencontré Séverine, Charles et moi, au début d'un mois d'août accablé de chaleur. Lui, je le connaissais depuis longtemps, c'est-à-dire depuis le jour où nous nous sommes rencontrés au collège La Boétie de Sarlat, à l'âge où il ne fait pas bon s'aventurer seul loin de ses ports familiers. Je devais cette chance à mon succès à l'examen des bourses, mon instituteur n'ayant eu aucun mal à convaincre mes parents que j'étais capable de le réussir.

C'était à l'époque la seule opportunité pour franchir le seuil entre des études primaires et secondaires. En effet, seuls les élèves qui avaient suivi en collège ou lycée les quatre classes de 10e, 9e, 8e, 7e pouvaient entrer dans la 6e déjà latiniste du secondaire. Les autres, ceux qui venaient de l'école publique traditionnelle, étaient destinés, après le certificat d'études, à entrer à l'École primaire supérieure afin de passer le brevet et, le plus souvent, tenter des concours pour travailler rapidement ou celui, plus ambitieux, de l'École normale d'instituteurs.

Charles, lui, fréquentait déjà le collège depuis la 10e, les études des enfants de fonctionnaires étant gratuites – son père occupait les fonctions de receveur des finances à Sarlat. Il était donc un habitué des lieux quand il est venu vers moi dans la cour, le premier matin, alors que j'errais, complètement perdu, à la recherche de ma classe, et il m'a donné son nom et son prénom – Charles Descombes –, comme s'il désirait sceller immédiatement un pacte qui devait durer des années.

— Moi c'est Antoine, ai-je dit. Antoine Salagnac.
— Viens !

Nous nous sommes retrouvés assis côte à côte sur l'un de ces pupitres à deux places qu'occupait, au milieu, un encrier fleuri d'encre violette, et il en a été ainsi durant toutes les studieuses années qui nous ont conduits jusqu'au baccalauréat de philosophie.

Qu'est-ce qui avait bien pu l'inciter à se rapprocher de moi alors que nos familles ne se fréquentaient pas, que son père était une personnalité de la ville, et que j'étais, moi, fils d'un modeste cordonnier dont l'échoppe se situait à l'extrémité de la rue où se trouve la belle maison aux fenêtres à meneaux de feu La Boétie ? Je ne l'ai jamais su pour la bonne et simple raison que je ne le lui ai jamais demandé. Je suppose qu'il avait deviné en moi, dès ce premier matin, une exigence pareille à la sienne ou alors, plus simplement, il avait été touché par ma solitude dans cette cour où chacun paraissait se connaître, excepté lui et moi. Toujours est-il qu'il en a été ainsi et que ce fut un privilège que de côtoyer un jeune homme dont j'ai compris, dès le premier jour, qu'il ne ressemblait à aucun autre.

Oui, vraiment à aucun autre, et surtout pas à ceux

que j'avais fréquentés jusqu'alors, que ce soit à Sarlat ou à Aubas, le village où vivaient mes grands-parents paysans, que j'aidais chaque été pour les travaux des champs, fenaisons et moissons, lors des deux mois au cours desquels j'abandonnais la ville, et donc mon père et ma mère, pour vivre ce que je sais intimement aujourd'hui avoir été l'un des trésors de ma vie.

Et c'est à quatorze ans que, pour la première fois, Charles m'a accompagné là-bas et que nous avons partagé ces travaux mais aussi les excursions à bicyclette en direction de la Vézère, ou, plus tard, vers Montignac, là où se réunissait une jeunesse joyeuse et ivre d'air, d'eau, de soleil et de liberté.

J'avais craint de le lui proposer, redoutant de le faire habiter dans une ferme si rustique où régnait la frugalité, mais il s'y était senti comme chez lui dès le premier jour. Il est vrai que mon grand-père Firmin et ma grand-mère Jeanne étaient la simplicité même, et ils trouvaient agréable la compagnie des jeunes gens que nous étions, d'autant que nous possédions des bras capables de hisser les meules de foin sur la charrette ou les gerbes de blé sur la moissonneuse-batteuse qui vrombissait sur l'aire accablée de poussière et de brins de paille en suspension. Qu'ils furent beaux, ces jours illuminés de la lumière étincelante de l'été, qu'elles furent gaies, ces heures dont le réveil forge en moi, chaque fois qu'il soulève mon cœur, la conviction que l'on n'est jamais heureux que du souvenir du bonheur !

Jeanne et Firmin étaient les parents de ma mère, qui avait grandi là, elle aussi, avant d'aller travailler comme couturière à Sarlat où elle avait rencontré mon père, successeur de l'échoppe de cordonnier-sabotier de son propre père mort à quarante ans. Je suis persuadé qu'elle avait conçu de cette courte migration vers la ville un sentiment de réussite, tant la propriété de Firmin et de Jeanne était modeste, et leurs ressources également. Pourtant, jamais je n'ai eu la sensation de souffrir de privations à Aubas où tout était donné sans la moindre arrière-pensée, jamais mesuré pour moi, pas plus d'ailleurs que pour Charles, quand il me rejoignait, du fait que notre travail méritait au moins la récompense d'une bonne table et d'un bon lit au matelas de plumes. Au reste, même les jours sans labeur nous faisaient bénéficier de cette générosité que les plus démunis croient devoir à ceux qui possèdent plus d'instruction qu'eux, et donc à leurs yeux, souvent à tort, plus de mérite.

Ni Firmin ni Jeanne n'avaient le certificat d'études. Ils avaient été placés à dix ans, comme c'était la coutume, dans une ferme où ils avaient grandi en travaillant du matin au soir, puis ils s'étaient rencontrés lors d'une fête de village et, après leur mariage, ils s'étaient installés comme fermiers sur la petite propriété qu'ils avaient pu acheter après bien des efforts quinze ans plus tard. La réussite d'une vie humble, pleine de courage et d'honnêteté. Leur fierté jamais avouée, mais dont l'éclat brillait dans leurs yeux fatigués, augmentée par la certitude d'avoir donné à leur fille un peu plus d'instruction qu'eux, et un métier qui la délivrerait de la sujétion accablante vouée à la terre, quand on n'en possède pas assez.

Je me souviens de la chemise mouillée par la sueur de Firmin, les soirs de fenaison, de son chapeau repoussé vers l'arrière, de son front plein de rides et de ses yeux bleus, si bleus, si clairs qu'on avait l'impression qu'ils pouvaient se casser comme du verre. Jeanne, brune, robuste, veillait sur celui qu'elle savait si fragile et si fort à la fois, et elle abattait autant de travail que lui, sans jamais la moindre plainte ou le moindre soupir. Elle apportait sur la table la soupe du soir, le quartier de canard et la salade du jardin avec la satisfaction de ceux qui savent combien ils sont précieux au terme des longues journées passées sous le soleil, tandis que Firmin coupait le pain de la tourte où un peu de seigle avait été mêlé au froment, afin qu'il se conserve mieux.

Pendant ces repas silencieux, dans les longs soirs de juin qui repoussaient la nuit jusqu'à plus de dix heures, j'avais l'impression d'entendre battre leur cœur. Ai-je jamais été plus heureux qu'à ces moments-là ? Je ne crois pas. Une immense paix régnait sur la terre. Seules les hirondelles troublaient par instants le silence dans un ciel à la douceur d'un duvet de pigeon, la vie s'endormait dans une confiance, une acceptation du monde dont je n'ai jamais plus retrouvé la caresse. Et pourtant je l'ai recherchée toute ma vie. Même aujourd'hui, si longtemps plus tard, j'ai du mal à accepter l'évidence que dans notre existence, quoi que l'on fasse, les choses n'arrivent qu'une fois.

Au cours de ces soirs-là, Charles, comme moi, sentait la fatigue peser sur les épaules et les bras, mais il souriait, et je savais que ce sourire s'adressait à cette vie paisible, à cet homme et à cette femme accablés de fatigue, sans me douter que quelque chose en lui, secrètement, l'avertissait d'une menace. Et pourtant pas la moindre ombre de tristesse ne venait assombrir son visage sur lequel je lisais, au contraire, plus que du respect à l'égard de Firmin et de Jeanne : de la vénération – car il savait d'instinct combien grand était le cœur de ces deux êtres à peine pourvus de ce qu'il fallait pour vivre, mais qui paraissaient ne jamais s'en soucier.

Nous attendions la nuit qui s'avançait pieds nus le long des chemins, dans de grands froissements au parfum d'herbe et de feuilles attendries par l'air soudain plus frais. Puis nous allions nous coucher toutes fenêtres ouvertes, bercés par le chant des grillons qui peuplait les prés et les champs d'une présence amie, et pas le moindre cauchemar ne hantait mes rêves d'ombre douce, de murmures de vent, de regards bienveillants, de présences fidèles. Les matins nous voyaient réveillés avec l'aube qui coulait dans la chambre avec la soudaineté d'un ruisseau qui déborde, accompagnée par les appels des coqs pressés d'obtenir le grain, et nous courions au puits, toute fatigue envolée, pour nous éclabousser d'eau et de lumière, comme des enfants sans soucis que pourtant nous n'étions déjà plus.

3

En septembre, nous devions regagner la ville et préparer la rentrée d'octobre, non sans emporter la conviction de quitter un univers vers lequel nos pensées demeureraient tournées toute l'année. Nous étions brunis par le soleil comme des pains sortis du four, peu soucieux de ce qui nous attendait, car nous savions depuis la classe de 6ᵉ que nous avions la faculté de mener à bien nos études. Grâce à Charles, surtout, qui m'aidait, le soir, à faire mes devoirs, et à qui je m'efforçais de ressembler, même si je n'étais pas doué des mêmes qualités.

Mais l'on sait bien que c'est grâce à l'admiration que l'on grandit le mieux, que l'on se hausse vers les sommets, que l'on renverse les obstacles trouvés sur son chemin. Ils furent nombreux, pour moi, aussi bien dans la salle de classe que dans la cour de récréation où les plus âgés faisaient régner des lois impossibles à transgresser sans encombre. À ces occasions-là, Charles se dressait toujours à mes côtés, fidèle soldat qui se battait en rendant coup pour coup, sans jamais me reprocher ces défis un peu fous qui, déjà, me poussaient à me mettre en danger, non pas par goût, mais simplement pour me dépasser – pour me prouver que je pouvais atteindre des hauteurs pareilles à celles qu'il fréquentait. Ainsi, à force de résistance muette et farouche, nous avons pu acquérir en quelques semaines un peu plus de respect que ceux de notre âge, considérés comme des victimes désignées par les plus anciens, soucieux d'affirmer leur supériorité.

Car il est vrai que dans les collèges de cette époque on apprenait aussi bien à se battre qu'à déjouer les pièges de la version latine et de la composition française, deux domaines où nous avons fini par exceller, à force de nous y consacrer côte à côte. Je n'en dirai pas autant des mathématiques, qui nous rebutaient aussi bien l'un que l'autre, en raison de leur aridité, de leur platitude, dont, de notre point de vue, aucune exaltation n'était à espérer. Il nous fallait déjà des souffles et des élans de l'esprit assez originaux pour nous transporter vers des horizons où, comme je l'ai appris plus tard d'André Breton, il était possible de sentir « une brise souffler sur les tempes »…

Quoi qu'il en soit, notre amitié ne pouvait pas être inférieure à celle qui avait uni Montaigne et La Boétie – enseignée dès la première année sans doute à cause du nom porté par notre collège – et nous nous pensions assez dignes du fameux « parce que c'était lui, parce que c'était moi » pour nous l'attribuer, mais également pour lire tout ce que nous trouvions de ces grands hommes : les *Essais*, bien sûr, mais aussi le *Discours de la servitude volontaire* de cet Étienne de La Boétie dont nous contemplions souvent la maison bourgeoise dans cette si belle rue de Sarlat où nous nous attardions volontiers, en nous émerveillant de savoir que ce grand homme avait vécu là, il y avait bien longtemps.

Au reste, nous ne nous contentions pas de ces deux célébrités de notre département, car il nous fallait de nombreux modèles à qui ressembler. Fénelon, par exemple, que l'on étudiait peu, à l'époque, mais que nous savions originaire de la Dordogne, et qui y était revenu après avoir fréquenté la Cour, suite à un bannissement consécutif à une querelle théologique avec Bossuet. Notre curiosité en ce domaine était sans limites : nous avons donc voulu savoir en quoi avait consisté cette querelle, et, après quelques recherches menées au détriment de nos études quotidiennes, nous avons appris que le « quiétisme » était la source de cet affrontement. Pour Fénelon, il était possible d'accéder à Dieu par la méditation, la sagesse et la contemplation sans la pratique assidue de la religion, alors que pour Bossuet et les gardiens féroces du catholicisme, tout cela n'était qu'hérésie. Le roi avait tranché en sa faveur et banni Fénelon, qui avait été contraint de regagner sa Dordogne natale où il s'était éteint dans la solitude et le chagrin.

Voilà de quoi, déjà, nous étions capables : aller au-delà de l'enseignement traditionnel, trouver d'autres voies susceptibles de nous conduire vers une exigence qui, cependant, ne nous dispensait pas d'étudier Du Bellay, Ronsard, Corneille, Racine, Vigny, Musset, et ces parnassiens que nous jugions dépassés, comme ce Leconte de Lisle qui, malgré son exotisme, ne trouvait pas grâce à nos yeux. En revanche, nous décelions de la nouveauté chez les symbolistes et de la grandeur chez Chateaubriand, dont les phrases savamment construites comme des murs en pierres de taille nous émerveillaient. Je ne parle pas là du *Génie du christianisme*, mais des *Mémoires d'outre-tombe*, par exemple de ces pages tragiques écrites au moment de Waterloo, quand le vicomte, en voyage en Belgique, entend tonner le canon d'une bataille dont il ne connaît pas le nom, mais qu'il sait décisive.

La stature de Victor Hugo, aussi, me fascinait. Je ne cessais de me réciter des vers du grand homme, notamment ceux-là, qui n'ont pas quitté ma mémoire, sans doute pour leur simplicité dans la grandeur qu'elle évoque :

> *Dans une grande fête, un jour au Panthéon,*
> *J'avais sept ans, je vis passer Napoléon.*

Comme tous les adolescents, nous écrivions des vers que nous ne conservions pas, parce qu'ils nous paraissaient indignes des grands disparus dont l'ombre demeurait posée sur nous. Et en fait d'ombre, il y en avait une, également, dont le poids nous contraignait : celle de la religion.

Nous ne pouvions y échapper à cause de nos mères qui en imposaient la pratique assidue le jeudi et le dimanche : c'était la coutume, alors, et nous cherchions désespérément comment nous soustraire au catéchisme, à la messe et même parfois aux vêpres du dimanche après-midi qui nous privaient de notre liberté. Sous l'œil circonspect de nos pères qui fréquentaient seulement l'église à Pâques et à Noël, nous ne parvenions pas à nous libérer de ces contraintes à nos yeux parfaitement injustifiées. Car si nous avions la foi, Charles et moi, elle ne ressemblait en rien à celle qui était censée donner accès à un paradis trop différent du nôtre. Nos rêves de grandeur exigeaient de plus vastes étendues, de plus fertiles vallées, de plus hautes montagnes : nous étions à l'âge où rien n'est impossible, où l'on se croit investi d'un destin autrement plus élevé que ceux, si ordinaires, que nous côtoyions alors, sans toutefois jamais les mépriser.

4

Voilà sur quel chemin nous progressions, Charles et moi, dans ce collège où nos succès s'accumulaient, à la grande satisfaction de mes parents – celle de ma mère, surtout, qui avait rêvé pour moi d'un destin bien meilleur que le sien, car elle n'avait rien oublié de la pauvreté de sa jeunesse et redoutait de nous y voir retomber. Or, moi, je ne m'étais jamais considéré comme pauvre. Ce n'est qu'un peu plus tard, au lycée de Périgueux où nous sommes partis, Charles et moi, pensionnaires en classe de 2de, que j'ai compris que je l'étais, pauvre, en comparaison de mes condisciples externes, tellement mieux vêtus, plus fortunés, plus sûrs d'eux-mêmes, assis sur des certitudes et des patrimoines acquis de longue date. Et il m'a fallu encore bien des années avant de comprendre que la pauvreté, dès lors qu'on l'a connue, demeure longtemps vivante dans le corps et dans l'esprit.

Je n'en ai pas souffert. Je savais d'instinct que la seule richesse qui vaille est celle à laquelle on accède grâce à ses propres mérites. D'où le fait que je travaillais sans relâche, penché sur mes livres et sur mes cahiers avec la conviction qu'ils étaient des alliés sur mon chemin. J'en prenais grand soin, les feuilletais lentement, avec précaution, une fois recouverts d'un papier bleu nuit censé les protéger comme ils méritaient de l'être. Ils étaient mes trésors, ma chance, mon seul bien, et il me suffisait de les toucher, de les ouvrir, pour me sentir comblé.

Car je n'avais jamais manqué de l'essentiel. Dès lors, le superflu m'est toujours apparu vain, approuvé par Charles qui, lui, pourtant, bénéficiait de plus de facilités que moi. Nous n'en parlions jamais. Depuis toujours j'allais chez lui et il entrait chez moi sans accorder la moindre importance à la différence existant entre l'ameublement de nos maisons et le mode de vie de nos parents. Ceux-ci possédaient assez de largeur d'esprit pour comprendre qu'une amitié peut aider deux garçons du même âge à se dépasser, et donc à échafauder des projets plus ambitieux qu'ils ne les auraient conçus seuls.

Passer du collège de Sarlat au lycée de Périgueux nous a encore rapprochés, si je puis dire. Car là-bas, en classe de 2de, nous avons compris que nous aurions fort à faire pour préserver nos premières places dans les classements du trimestre, les élèves du deuxième cycle étant pour la plupart ceux qui avaient le mieux réussi leur parcours de la classe de 6e à la classe de 3e. Nous avons dû redoubler d'ardeur mais nous ne nous sommes pas découragés. Jamais. Pas une seule fois, même quand les difficultés s'accumulaient. Surtout pour moi, qui peinais à suivre Charles dans cette excellence qu'il atteignait, lui, naturellement.

De Périgueux, nous ne rentrions à Sarlat que tous les quinze jours, mais les vacances de Noël, de Pâques, et les grandes d'été constituaient des haltes dont nous profitions autant que nous le pouvions, en faisant provision de sensations, de couleurs, de parfums, de faits d'armes susceptibles de ressurgir au lycée pour nous faire souvenir de notre deuxième vie : celle des champs, des prairies et de l'eau. Ainsi, nous avons longtemps évoqué, entre les murs hauts et froids de la pension, ce radeau que nous avions construit sur la Vézère et qui s'était fracassé sur les rochers de Saint-Léon, après un naufrage qui nous avait paru digne des aventures auxquelles nous aspirions. Comment aurions-nous pu imaginer, alors, que d'autres aventures, tellement plus périlleuses, nous attendaient dès l'âge de vingt ans ?

Le monde extérieur, en effet, ne pénétrait pas au cœur de l'enceinte de la pension, et nous n'étions guère informés de ce qui se passait en dehors de notre univers protégé. Nos parents évoquaient parfois une lointaine menace en Allemagne d'un certain Hitler qui avait remilitarisé la Rhénanie, mais ils discutaient surtout du Front populaire parvenu au pouvoir au début de l'été 1936. Ils considéraient le fol espoir qu'il avait fait naître avec sympathie, de même que mes grands-parents paysans favorables à Léon Blum, à cause de l'Office du blé qui assurait une stabilité des prix agricoles. Mais sans doute serait-il honnête d'avouer qu'ils se méfiaient des ouvriers, dont les préoccupations, le plus souvent, étaient étrangères aux leurs : mon père et ma mère étaient de petits artisans, mais ils travaillaient pour leur compte et non pour un patron. Mes grands-parents avaient acquis une petite propriété au terme de longs sacrifices, et, me semble-t-il, se sentaient plus proches des radicaux qui étaient favorables à la propriété individuelle. Quant aux parents de Charles, fonctionnaires d'État, ils étaient par principe et par honnêteté fidèles au gouvernement qui les rétribuait.

À toute cette agitation, au bout du compte, à cause de nos études qui nécessitaient toute notre concentration, tous nos efforts, nous demeurions plutôt étrangers, et nous ne savions pas que se produisaient ailleurs des événements qui bientôt nous concerneraient. Comment aurions-nous pu nous sentir concernés par l'Histoire en marche, alors que nous vivions dans un coin de Dordogne, à l'écart des arcanes politiciens et de leurs dangereuses stratégies ? Que le nazisme puisse exister, tandis que nous nous ébattions dans un monde qui était sans doute ce que l'humanité avait fait éclore de meilleur, était pour nous inimaginable. Au reste, l'aurions-nous découvert de nos propres yeux que nous ne l'eussions même pas cru.

Toute notre énergie, toute notre volonté, tous nos espoirs nous aidaient à avancer sur cette longue route qui impliquait sept années d'études et un baccalauréat en deux parties, le succès au premier étant indispensable pour entrer en classe de philosophie ou de mathématiques – le bac scientifique ne devait être instauré qu'en 1941.

Pourtant, si je me retourne sur ces années-là, malgré les longues heures de veille et d'étude, la privation de liberté à Périgueux, je n'en conçois aucune véritable crainte, aucun regret : seul demeure en moi le bonheur d'apprendre, de s'élever, de constater l'émerveillement de ma mère et de mon père devant mes succès – elle tremblait pourtant en recevant le bulletin scolaire du dernier trimestre, redoutant d'y découvrir une décision de redoublement qui aurait mis fin à mes bourses. Moi, je ne tremblais pas : je savais que mes efforts n'étaient pas vains, que mes professeurs étaient contents de moi, que la présence de Charles à mes côtés me protégeait d'un échec et d'un renoncement qui eussent détruit tous mes espoirs en l'avenir.

5

Nous avons rencontré Séverine au début du mois d'août 1937, près d'Aubas, après avoir fêté, au cours d'un repas entre nos deux familles réunies à Sarlat, notre succès à la première partie du baccalauréat. Après quoi nous sommes partis pour retrouver Jeanne et Firmin et ces travaux des champs dans lesquels nous épuisions l'énergie physique accumulée, tout au long de l'année sur les bancs de nos studieuses études.

Jeanne et Firmin avaient aussi voulu fêter notre succès, et ils l'avaient fait à leur manière, très simplement, mais avec sincérité, dès le premier soir de notre arrivée, malgré la fatigue des moissons entreprises la veille : un simple gâteau de prunes en dessert, mais si bon que j'en ai encore le goût dans la bouche, tant d'années plus tard. Nous les avions aidés à moissonner et à rentrer les grains et la paille jusqu'au dimanche qui autorisait enfin un repos bien gagné.

C'était un de ces dimanches accablés de chaleur qui nous avait contraints à demeurer à l'ombre jusqu'à cinq heures, avant de partir vers la Vézère pour un bain dans l'eau claire et fraîche d'une retenue, en aval de Montignac. Nous étions venus à bout des moissons la veille, et la perspective d'une baignade après tant de jours sous un implacable soleil nous faisait pédaler plus vite vers le lieu-dit « la Digue blanche », où nous avions nos habitudes dans l'ombre des grands chênes de la rive.

Il fallait, pour y accéder, suivre une petite route parallèle à la départementale très fréquentée que, pour cette raison, nous n'utilisions guère. Elle longeait des grands bois de châtaigniers qui, de l'autre côté, se prolongeaient très loin vers Salignac. Nous sommes partis après une sieste réparatrice dans la pénombre d'une chambre bien close, et nous avons parcouru un kilomètre avant d'apercevoir, à l'entrée d'un chemin forestier, une jeune fille immobile qui tenait le guidon de sa bicyclette à la main.

Je ne sais plus si c'est elle qui nous a fait signe de nous arrêter ou si c'est Charles qui en a pris l'initiative, car je roulais derrière lui, et je ne l'ai vue qu'au dernier moment. Toujours est-il que nous avons mis pied à terre et, alors que nous étions aussi stupéfaits l'un que l'autre, elle nous a demandé d'un air dubitatif si nous savions réparer un pneu crevé.

— Mais bien sûr ! a répondu Charles.

Et il s'est empressé d'ouvrir sa trousse de secours pour, aussitôt, se mettre à l'ouvrage tandis que j'observais cette apparition sans songer à lui venir en aide : elle était brune, bouclée, avec des yeux de velours, yeux noirs qui semblaient ne jamais ciller, et elle ne paraissait pas du tout intimidée par la présence de deux garçons inconnus près d'elle.

— Je m'appelle Séverine, a-t-elle dit, amusée sans doute par ma fascination.

À cet instant, Charles s'est redressé et j'ai eu l'impression qu'il la connaissait, car il a esquissé un mouvement de tête, avant de déclarer, tendant une main assurée :

— Moi, c'est Charles.

— Et moi Antoine, ai-je dit, en ayant la conviction que déjà, dès ce premier jour, elle ne voyait que lui.

Elle m'a serré la main, pourtant, d'une main douce mais ferme, puis aussitôt, après un bref sourire, elle s'est détournée puis s'est penchée vers Charles en demandant :

— Vous pensez pouvoir réussir ?

— Bien entendu ! a-t-il répondu en se redressant si brusquement qu'ils se sont trouvés à quelques centimètres l'un de l'autre.

Elle en a paru troublée, s'est écartée rapidement, et elle s'est de nouveau tournée vers moi, déclarant, comme pour justifier sa présence en ces lieux :

— J'habite à Saint-Amand, à quelques kilomètres, où mes parents sont agriculteurs.

Puis elle a ajouté :

— Je suis étudiante à l'École normale d'institutrices de Périgueux. Je les aide pendant les vacances. C'est la moindre des choses, n'est-ce pas ?

Et elle a observé, inclinant légèrement la tête de côté, dans un geste qui m'a paru coutumier :

— Mais aujourd'hui c'est dimanche, et j'en profite pour me délasser un peu.

— Nous aussi, ai-je dit pour ne pas être en reste de confidences. Nous aidons mes grands-parents à Aubas, mais pendant l'année scolaire nous sommes pensionnaires au lycée de Périgueux.

Et j'ai ajouté, non sans une certaine satisfaction :

— Nous venons de passer la première partie du baccalauréat.

J'ai hésité à préciser « avec succès », car j'ai craint de paraître vaniteux.

— Comme c'est étrange ! s'est-elle exclamée. Nous ne nous sommes jamais rencontrés à Périgueux, et c'est ici, sur cette petite route, que nous faisons connaissance.

À cet instant, Charles s'est redressé une nouvelle fois en disant :

— Nous vous avons croisée une fois, un dimanche après-midi, en promenade.

— En êtes-vous bien sûr ? a demandé Séverine avec stupéfaction.

— J'en suis tout à fait certain !

Puis, aussitôt, comme pour changer rapidement de sujet de conversation :

— Voilà ! C'est terminé ! Une rustine a suffi. Ce n'était pas très difficile. Vous pouvez rouler vers où vous le désirez : Montignac, Périgueux, ou même le bout du monde.

Et il a ajouté, après un regard plus appuyé qui ne m'a pas échappé :

— Mais j'aimerais bien que vous nous suiviez à la digue. Nous pourrions parler de nos études.

— C'est d'accord ! a répondu Séverine sans la moindre hésitation.

Puis, s'arrêtant aussitôt pour constater avec regret :

— Mais je n'ai pas de tenue de bain !

— Ça ne fait rien, a dit Charles, nous vous tiendrons compagnie à tour de rôle sur la rive.

Elle s'est élancée en riant sur la route, et pour la

première fois nous l'avons suivie, sans nous douter que bien souvent, pendant deux années, lors des vacances, nous la suivrions ainsi, attachés à elle plus sûrement que deux frères à une sœur.

Pourtant, tout en pédalant, cette première fois, je me suis interrogé afin de savoir pourquoi Charles avait prétendu l'avoir croisée à Périgueux à l'occasion de ces lugubres promenades du dimanche, alors que les surveillantes des filles évitaient de leur faire croiser la route des garçons. Était-ce vrai ou avait-il inventé un stratagème susceptible d'intriguer Séverine ? Je l'en savais capable, mais, en même temps, je connaissais son aversion pour le mensonge et j'en doutais.

Dès que nous sommes arrivés, il a enlevé sa chemise et ses sandales, et, en short, il s'est précipité vers l'eau, me laissant seul avec Séverine qui s'est assise, près de moi, et n'a cessé de regarder Charles nager, plonger depuis la digue – haute d'un mètre seulement –, mais avec une souplesse qui mettait en valeur son corps aux muscles déliés, bronzé de la tête aux pieds. Je me suis demandé si elle se rendait compte de ma présence près d'elle, mais elle s'est tournée brusquement vers moi pour me demander :

— Vous nagez aussi bien que lui ?

— Non ! ai-je répondu. Je ne fais jamais rien mieux que lui.

Pourquoi ai-je dit cela ? Sans doute parce que, déjà, je ne voulais pas être un obstacle entre elle et Charles, et aussi parce que je savais que cette évidence allait se manifester irrémédiablement au cours des minutes et des jours à venir. En effet, dès ces premiers instants, je ne doutais pas que nous nous retrouverions plusieurs fois avant la fin des vacances, ou du moins je l'espérais assez fort pour que ces retrouvailles deviennent réalité.

— À Périgueux, demanda-t-elle, vous m'avez vue aussi ?

Comment ne pas trahir Charles ? J'ai cherché désespérément une réponse plausible, et c'est lui qui m'a tiré d'embarras en sortant de l'eau, courant vers nous avec l'évidente envie de nous éclabousser, dégoulinant de gouttes de lumière. Mais il s'est arrêté à un mètre de nous et m'a lancé, d'un ton sans réplique :

— À ton tour, maintenant ! Elle est bonne !

Et, comme je ne me décidais pas, redoutant une comparaison inévitable entre son physique et le mien – comme tous les adolescents je ne m'aimais guère –, il a feint de me donner un coup de pied afin que je me lève. Je me suis enfui vers l'eau et je n'ai enlevé ma chemise qu'à l'instant d'y entrer, dos tourné à eux, avant de m'éloigner d'une nage tellement maladroite que j'ai eu du mal à accoster à la rive d'en face d'où je leur ai adressé un signe qu'ils n'ont pas vu, car ils étaient tournés l'un vers l'autre.

Ensuite, j'ai essayé de les laisser seuls le plus longtemps possible, mais il a bien fallu que je revienne vers eux au bout d'une demi-heure, et j'en ai été gêné. Car il y avait maintenant entre eux une telle gravité que je me suis assis un peu à l'écart, jusqu'à ce que Charles finisse par s'en rendre compte et lance joyeusement :

— Enfin ! Antoine ! Approche-toi !

Ce que j'ai fait, non sans me demander quel avait pu être le sujet de leur conversation en mon absence. Et elle a eu du mal à reprendre, cette conversation, d'autant que Séverine a sursauté peu après en demandant :

— Mon Dieu ! Quelle heure est-il ?
— Pas loin de huit heures, a répondu Charles.
Ni nous ni elle n'avions vu le temps passer.
— Et moi qui ai presque une heure de route ! Mes parents vont s'inquiéter !

Et elle est remontée sur sa bicyclette, suivie par Charles qui a proposé :

— Nous allons vous accompagner, si vous le voulez bien.
— Oui. Je vous remercie.

Et nous sommes partis dans le grand silence de la fin du jour, le long de la route dont l'ombre était douce après la canicule, alors qu'elle pédalait le plus vite possible, jetant de temps en temps un regard derrière elle, comme pour s'assurer que nous étions bien là, et que le lien qui s'était noué entre nous ne pouvait pas se rompre.

Nous l'avons laissée, ce soir-là, à un kilomètre seulement de Saint-Amand, et nous sommes repartis silencieux, incapables de prononcer le moindre mot, encore éblouis par cette rencontre dont nous savions déjà qu'elle allait bouleverser nos vies.

Un peu avant Aubas, nous nous sommes arrêtés pour reprendre haleine sur le bord de la route et j'ai profité de cette halte pour demander à Charles s'il l'avait réellement vue à Périgueux avant ce jour.

— Mais bien sûr ! m'a-t-il répondu. C'était l'hiver

dernier, tu étais rentré à Sarlat pendant une semaine, malade de la grippe. Mes parents étaient venus me faire sortir un dimanche après-midi, et nous avons croisé des filles en promenade. Elle marchait la dernière, mais elle ne m'a pas aperçu, car elle discutait avec l'une de ses camarades.

Et il a ajouté, en remontant sur sa bicyclette, d'un air mystérieux et plein de gravité :

— Mais moi je n'ai vu qu'elle. Sais-tu pourquoi, Antoine ?

J'ai fait « non » de la tête.

— Le destin.

Et il s'est élancé vers la maison de Jeanne et de Firmin, dans cette paix des soirs d'été qui prolonge le jour pour le plus grand bonheur de ceux qui savent en profiter. Ils nous attendaient patiemment pour le repas du soir, toujours aussi aimables malgré notre retard. Seule Jeanne nous a demandé d'une voix sans le moindre reproche si nous nous étions perdus, et Charles a répondu avec cette gravité qui lui était coutumière :

— Non ! Aujourd'hui, nous nous sommes trouvés.

6

Je n'ai pas oublié ces quelques mots quand nous avons rejoint Séverine tous les dimanches de ces vacances-là, mais également à plusieurs reprises, pendant la semaine, une fois les plus gros travaux achevés. Le jour où elle s'est baignée pour la première fois, j'ai eu du mal à détacher mon regard de son corps si bien proportionné, aux jambes fuselées, aux épaules rondes et aux poignets fins que la matité naturelle de sa peau rendait encore plus fragiles. Charles, comme moi, était sous le charme, et, même s'il prenait soin de ne pas m'ignorer, je savais à quel point il souhaitait se retrouver seul avec elle.

Je m'éloignais le plus souvent possible, le cœur dévasté, redoutant et espérant en même temps ce qui risquait de se passer lorsque je me rapprocherais. Je n'ai pas eu à attendre bien longtemps : le premier dimanche de septembre, alors que je revenais de la clairière située de l'autre côté de la rive entre des saules et des acacias, je les ai trouvés blottis l'un contre l'autre, comme s'ils étaient au cœur d'un nid bâti pour eux depuis toujours. Ils se sont séparés en m'apercevant, puis Charles s'est levé et m'a demandé de le suivre le long de la berge que longeait un petit sentier entre des églantiers. Trente mètres plus loin, il s'est tourné vers moi, il m'a pris par les épaules, et a murmuré, son regard ne fuyant pas le mien :

— Je suis désolé, Antoine.

Et il a repris, en me donnant cette accolade fraternelle dont il était coutumier, quand nous nous retrouvions après avoir été séparés plusieurs jours :

— J'ai lutté, mais je n'ai pas pu.

Et, enfin, comme je ne savais que répondre :

— C'est plus grand que moi.

J'ai acquiescé de la tête, tandis qu'il reprenait, toujours aussi sincèrement attristé :

— Ça ne changera rien. Le fait que tu sois là, près de nous, rend ces heures encore plus belles.

Et il a ajouté, en me serrant le bras :

— Tu ne m'en veux pas, Antoine ?

— Non ! Je l'ai su dès le premier jour.

— Alors viens ! S'il te plaît !

Nous sommes revenus vers Séverine qui paraissait inquiète, mais qui a souri en nous apercevant côte à côte.

— Tout le monde à l'eau ! a crié Charles en prenant Séverine par la main.

Et nous nous sommes retrouvés sous la digue en train de nous éclabousser en riant comme des enfants que nous n'étions plus, hélas, et que nous ne serions plus jamais.

Ainsi s'est scellé un pacte que rien ne devait menacer jusqu'à la mi-septembre, quand Charles a regagné Sarlat, requis par ses parents qui avaient besoin de lui pour je ne sais plus quelle démarche administrative. J'ai continué à retrouver Séverine pendant quinze jours, non plus pour des baignades que le temps plus frais rendait moins nécessaires, mais pour des randonnées à bicyclette qui nous voyaient parcourir des dizaines et des dizaines de kilomètres, comme si nous étions à la recherche de celui qui manquait autant à l'un qu'à l'autre.

À chacune de nos haltes, elle m'interrogeait sur lui – comment nous nous étions connus, qui avait fait le premier pas, quelles étaient ses matières préférées au lycée, ses lectures, ses loisirs, quelle avait été sa vie à Sarlat, comment était sa maison, que faisaient ses parents, quel métier il envisageait plus tard, comment vivait-il en pension, puis, confuse, elle s'excusait en me disant :

— Ne m'en veux pas, Antoine. Tu sais, ce qui nous est arrivé nous a submergés.

Charles, avant de partir, m'avait fait jurer de lui écrire tous les jours pour lui raconter ce que nous faisions en son absence et je m'y obligeais scrupuleusement, dans des lettres que je postais avant de rejoindre Séverine. Ensuite, nous partions sur les routes, elle devant et moi derrière, mais elle ne chantait plus et je me demandais s'il n'aurait pas mieux valu la laisser seule avec ses pensées. J'ai même souhaité à plusieurs reprises ne pas la retrouver à l'endroit convenu, car je me savais inutile, à présent, après lui avoir révélé tout ce qu'elle désirait savoir de lui.

Aussi, de ces deux semaines passées ensemble, je ne garde pas un bon souvenir car il nous manquait l'un et l'autre l'essentiel, et je n'étais pas capable de combler le vide que le départ de Charles avait creusé. Et dès que je l'ai retrouvé, deux jours avant la rentrée au lycée, nous ne nous sommes plus préoccupés que d'imaginer comment nous allions pouvoir renouer le contact avec Séverine à Périgueux, car il nous paraissait totalement impossible d'attendre les prochaines grandes vacances pour la revoir.

Au reste, je n'avais pas pour habitude d'aller chez mes grands-parents à Noël : c'étaient eux qui venaient à Sarlat pour passer chez nous les fêtes de fin d'année. Comme il n'était pas possible d'écrire à Séverine à l'École normale, la correspondance étant sévèrement surveillée, Charles a décidé de lui écrire chez ses parents, mais en se faisant passer pour une de ses amies, c'est-à-dire en mentionnant au dos le nom et le prénom qu'elle nous avait indiqués. Et il a donné rendez-vous à Séverine à Montignac, le 28 décembre, où nous nous rendrions à bicyclette quel que soit le temps.

Alors nous avons compté les jours qui nous sépareraient des vacances, des jours et des semaines qui furent longs à couler dans un automne presque sans lumière, au milieu des murs de la grande ville où nous nous sentions comme prisonniers. Heureusement la nécessité d'étudier pour ne pas perdre pied nous a aidés à oublier par moments celle qui nous manquait tant. Ah ! Jeunesse ! Quelle force vibrait en nous alors, et de quoi aurions-nous été capables pour franchir les obstacles dressés devant nous ! Je suis certain que nous aurions pu triompher de toutes les adversités pour parvenir enfin au jour tant espéré.

Il gelait à pierre fendre, ce matin-là, quand nous sommes partis vers Montignac, Charles et moi, pour effectuer un trajet de plus de cinquante kilomètres aller-retour dans le vent et le froid, mais rien n'aurait pu nous arrêter, pas même les quelques flocons qui se sont mis à tomber en fin de matinée, mais qui ont fondu, heureusement, dès que nous avons atteint la ville allongée au bord de la Vézère.

Nous avions dit à nos parents que nous allions voir un camarade de lycée qui nous avait invités à déjeuner à midi. Nous avions donc le temps d'attendre le début de l'après-midi, mais nous n'étions pas tout à fait persuadés que Séverine pourrait nous rejoindre dans le café du grand pont où nous lui avions donné rendez-vous. Et nous avons attendu longtemps, ce jour-là, avec de plus en plus d'impatience à mesure que les heures passaient.

Séverine est arrivée seulement à trois heures, essoufflée, et nous a dit aussitôt, à peine assise, frigorifiée :

— Je n'ai que quelques minutes. Je suis venue avec mes parents pour faire des courses. Ils m'attendent sur la place du Marché.

J'ai laissé Charles et Séverine seuls, et j'ai erré le long de la Vézère, dont les eaux étincelaient sous les rares rayons d'un soleil qui ne parvenait pas à percer. J'avais très froid, et je tentais de me réchauffer en me battant les flancs avec mes bras, et en redoutant le retour qui nous attendait dans les rafales d'un vent qui avait tourné au nord. Je n'ai même pas eu le temps de revenir vers le café, car Charles, déjà, me rejoignait, la mine sombre, silencieux, et je crois bien qu'il n'a pas prononcé le moindre mot durant notre trajet vers Sarlat. Ce n'est qu'au moment de nous séparer, alors que, tremblants de froid, nous nous serrions la main, qu'il m'a dit, dans un souffle :

— Jamais je ne pourrai attendre trois mois.

Il a bien fallu, pourtant, puis j'ai réussi à obtenir l'autorisation de passer huit jours à Aubas en sa compagnie lors des vacances de Pâques, au motif que nous avions à réviser ensemble le baccalauréat qui approchait. Nous avons à cette occasion-là retrouvé Jeanne et Firmin qui nous ont accueillis avec la même hospitalité affectueuse, mais nous les avons découverts inquiets à cause des nouvelles du monde qui, nous nous en sommes rendu compte avec stupeur, continuait à vivre sans nous : l'Allemagne avait envahi et annexé l'Autriche, provoquant l'indignation et l'inquiétude en France et dans les pays limitrophes.

— Hitler ne s'arrêtera pas là ! a soupiré Firmin. Je les connais, moi, les Allemands. Bientôt ce sera notre tour !

Nous avions d'autres soucis que de nous inquiéter de ces conflits qui demeuraient lointains, le premier d'entre eux étant de retrouver Séverine le plus souvent possible au cours de ces huit jours. Elle aussi manifestait de l'inquiétude, mais, comme nous, elle essayait de profiter des quelques heures qui nous voyaient réunis à Montignac, dans ce café qui nous servait d'abri s'il faisait mauvais temps. Je m'efforçais de les laisser seuls, mais ils me retenaient, comme si ma présence les assurait de retrouver l'enchantement de l'été précédent, et diluait un peu les menaces qui s'étaient levées et rôdaient autour de nous.

Pâques passé, il fallut nous consacrer entièrement aux révisions du baccalauréat, car, pour la première fois, nous avions un peu négligé nos études. Et il n'était pas question, ni pour Charles ni pour moi, d'envisager un échec après avoir tellement travaillé pendant sept années. Nous avons jeté toutes nos forces dans cet ultime combat avant l'été, et nous l'avons gagné, Charles avec mention « Bien », moi sans mention, mais avec la même satisfaction que lui, car nous avions décidé d'aller faire ensemble des études de droit à Bordeaux. Nous avons fêté ce succès aussi bien à Sarlat, en compagnie de nos parents, qu'avec Jeanne et Firmin qui nous attendaient pour les foins, et que nous avons rejoints avec la délicieuse sensation d'avoir acquis une liberté nouvelle, dont nous comptions bien profiter le plus possible au cours du merveilleux été qui s'annonçait.

7

Qu'elles ont été belles, lors de nos retrouvailles, ces fêtes de l'eau et du soleil, ces baignades sous la digue, ces interminables discussions dans l'ombre fraîche des chênes et des acacias ! Elles nous ont fait le plus souvent oublier ces menaces de guerre qui planaient toujours au-dessus de l'Europe et dont l'onde sournoise arrivait jusqu'à nous, parfois, au moment où nous nous y attendions le moins. Après l'annexion de l'Autriche, en effet, Hitler revendiquait maintenant les Sudètes – cette population allemande qui peuplait la frange bohème de la Tchécoslovaquie depuis 1919. Mais, après tout, ni la France ni l'Angleterre n'avaient réagi à l'Anschluss, et nous pensions qu'il en serait de même pour les Sudètes.

— Il sait très bien qu'il va finir par s'attirer des ennuis, assurait Charles, mais je me demandais s'il était convaincu par ce qu'il avançait.

Les moissons, en nous prenant une semaine de notre temps, nous ont simplement rendu le dimanche suivant plus précieux, et c'est en pédalant de toutes nos forces que nous avons retrouvé Séverine, ce jour-là, sur la rive de la Vézère où nous étions seuls avec elle, à l'écart du monde et de ses folies. C'est au cours d'un de ces après-midi qu'elle nous a annoncé que si l'année se passait bien, elle serait nommée dans son premier poste de maîtresse d'école en juillet prochain.

— Félicitations ! s'est exclamé Charles. Nous sommes encore loin, nous deux, de pouvoir gagner notre vie.

Puis il a demandé :

— Où donc seras-tu nommée ? Le sais-tu ? Loin d'ici ?

— Non. En Dordogne à coup sûr.

Charles a hoché la tête, et il a simplement observé, l'air satisfait, en me prenant à témoin :

— Bordeaux n'est pas loin. J'espère qu'il nous sera plus facile de nous retrouver.

À cet instant, Séverine s'est réjouie soudainement en nous montrant, tout près de nous, quelques touffes de bruyère, et elle nous a demandé :

— Connaissez-vous ces vers d'Apollinaire ?

Et, sans même nous laisser le temps de répondre, elle a récité, les yeux brillants d'une émotion qui m'a surpris :

> *Nous ne nous verrons plus sur terre*
> *Odeur du temps brin de bruyère*
> *Et souviens-toi que je t'attends*

Puis elle nous en a donné deux brins, avec une gravité qui nous a rendus muets un long moment, avant que Charles reparle de Bordeaux, de la vie qu'il espérait là-bas, et nous avons fini par oublier ces brins d'herbe en partant.

À la fin du mois d'août, nous nous sommes rendus à Bordeaux avec mon père et le père de Charles

– qui conduisait une superbe traction huit cylindres –, afin de nous inscrire à la faculté de droit et trouver un appartement pour deux, que nous avons retenu rue Judaïque, une grande artère qui relie le centre-ville au boulevard de ceinture. Je bénéficiais toujours des bourses, mais non plus Charles qui se désolait à l'idée d'être à la charge de ses parents pendant encore de longues années. Nous avons découvert une ville très belle, qui nous a beaucoup plu, puis nous sommes vite revenus à Aubas où nous avons raconté à Séverine nos découvertes : les Quinconces, le Grand-Théâtre, l'animation joyeuse de la rue Sainte-Catherine et de la rue Vital-Carles, les quais de la Garonne, le port, les grands bateaux blancs, et la rue Judaïque où nous allions vivre au moins jusqu'à la licence – du moins l'espérions-nous.

— Tu viendras nous voir ! a dit Charles à Séverine.
— Pas cette année, a-t-elle répondu. Mais dès que j'aurai un poste, oui, je viendrai.
— Et puis nous aurons les mêmes vacances, ai-je fait remarquer. Firmin et Jeanne auront toujours besoin d'aide à Aubas.

C'est sur ces paroles rassurantes que nous nous sommes séparés plus tôt que d'habitude, c'est-à-dire début septembre, car nous devions emménager dans notre petit appartement et prendre nos marques dans une ville qui nous paraissait gigantesque. Toutefois, si j'étais un peu inquiet de cette nouvelle vie, Charles, lui, manifestait la même inébranlable confiance en l'avenir dont il avait toujours fait preuve.

Et, de fait, l'un épaulant l'autre, nous nous sommes accoutumés assez facilement à un nouveau rythme de vie et à des études qui nous ont vivement intéressés dès les premiers cours pris, pour la première fois de notre vie, dans un amphithéâtre : celui de la faculté de droit dont le siège se trouvait à plus d'un kilomètre de notre appartement, et que nous rejoignions à pied, avec le sentiment fabuleux d'une liberté d'autant plus précieuse que nous en avions été privés pendant trois ans de pension à Périgueux.

Oui, une folle liberté qui nous a fait au début un peu négliger le droit constitutionnel et le droit civil, car nous avons découvert le théâtre et le cinéma, où, malgré nos maigres ressources, nous courions chaque fois que nous en avions l'occasion, de même que dans ces cafés de la place Pey-Berland où se réunissaient les étudiants pour des discussions animées sur l'Allemagne et sur son Führer devenus de plus en plus menaçants.

Cette vie-là, nous l'avons aimée tout de suite, Charles et moi, et il ne s'est pas passé un seul jour sans qu'il me dise :

— Quel dommage qu'elle ne soit pas là !

Je répondais :

— Sois patient ! L'an prochain, elle travaillera et elle sera libre de nous rejoindre tous les dimanches.

Qu'ils furent longs, les jours, jusqu'à Noël, même si Charles recevait deux lettres par semaine, et me faisait partager ces secrets qui les unissaient de plus en plus passionnément, et dont, il me faut bien l'avouer, je souffrais parfois en silence, en m'efforçant de le cacher ! Nous avons pu heureusement étudier sans ressentir la menace qui avait pesé sur nous au printemps, et cette année 1938 s'est terminée dans un calme étonnant : même les grèves décidées par les syndicats en novembre pour protester contre les décrets-lois du cabinet Daladier, qui mettaient fin définitivement aux acquis du Front populaire, n'ont eu aucun succès. Au contraire, le nouveau gouvernement, devant la menace étrangère, avait réussi à créer une unité nationale que le redressement économique consolidait.

Nous sommes donc repartis en Dordogne à Noël un peu plus assurés de l'avenir, et, comme l'année précédente, nous avons rencontré Séverine à Montignac à deux reprises, dans ce café qui était devenu notre refuge, un peu comme celui de la place Pey-Berland à Bordeaux. Elle s'est montrée confiante elle aussi, et nous l'avons quittée en lui promettant de nous rendre à Aubas à Pâques, afin de pouvoir réviser en paix nos cours de droit.

— L'an prochain, je serai libre, a-t-elle murmuré avant de s'éloigner. J'aurai un logement dans mon école.

Nous sommes rentrés à Bordeaux avec l'impression que l'année 1939 serait celle de tous nos succès, de tous nos espoirs, car nous n'oubliions pas qu'au début du mois précédent, le ministre des Affaires étrangères du IIIe Reich avait été reçu à Paris avec beaucoup d'égards, et qu'il avait signé avec la France un pacte de non-agression.

— Nous pouvons enfin penser sereinement à l'avenir ! m'a dit Charles quand nous sommes rentrés rue Judaïque.

Le trimestre qui a passé jusqu'aux vacances de Pâques nous a vus penchés sur nos cours tard dans la nuit, veillant à la lueur d'une petite lampe et nous interrogeant à tour de rôle pour vérifier nos connaissances acquises. Puis Charles a commencé à compter les jours à partir du début du mois de mars, en me disant parfois :

— Je te souhaite la même chance que moi, Antoine ! Je n'ai même pas eu à la chercher. Elle m'attendait au bord d'une route un matin d'été. Mais qu'ai-je fait pour la mériter ? Rien de plus que toi !

La pince de la jalousie se refermait parfois sur mon cœur, mais cela ne durait pas : la vie jusqu'à ce jour n'avait pas eu le temps de creuser en moi les souterrains obscurs de l'acrimonie ou du dépit. Et je savais que Charles me donnait tout ce qu'il pouvait, gardant seulement pour lui ce qui ne peut se dire, mais que je devinais aisément : les mots les plus secrets de Séverine, ceux qu'elle hésitait sans doute à tracer sur le papier, et qu'elle ne livrait qu'avec pudeur et retenue.

Je crois que je la connaissais aussi bien que lui, mais le goût de ses lèvres et la douceur de sa peau me demeuraient inconnus. Je me disais qu'elle était trop belle pour moi, que je ne pouvais espérer d'elle quoi que ce soit, que seul Charles méritait un tel trésor. Et je me consacrais à mes études afin de démontrer à l'un et à l'autre que j'étais réellement digne d'eux. J'ai appris depuis que la vie n'est jamais telle qu'on peut l'imaginer. Le monde est beaucoup trop grand et beaucoup trop mystérieux pour que l'on puisse maîtriser totalement des forces qui ne dépendent pas de nous. L'aurais-je su, alors, que j'aurais peut-être tenté de forcer le destin. Mais les événements, dans nos vies, se succèdent trop vite, et les leçons qu'il faudrait en tirer ne servent à rien. Il convient pourtant de l'accepter si l'on veut continuer à vivre avec assez d'espérance et de foi en l'avenir.

8

Nous en avions, de l'espoir et du courage, après notre succès au premier certificat de licence, quand nous avons regagné Aubas pour ces vacances tant attendues de l'été 1939. D'autant plus que la France et l'Angleterre s'étaient tournées vers Staline pour garantir la Pologne contre les prétentions territoriales d'Hitler. Malgré la préparation studieuse de notre examen, nous étions tenus au courant des nouvelles du monde, grâce à la fréquentation quotidienne de nos amis étudiants, préoccupés, comme nous, de ce qui nous attendait dans les mois à venir.

Quand nous sommes arrivés à Aubas, à la fin du mois de juin, le principe d'un pacte entre ces trois grandes puissances était quasiment signé, et nous avons été libérés du fardeau de l'inquiétude qui pesait sur nous. L'odeur capiteuse des foins campait sur la campagne, et c'est dans le plus grand bonheur que nous avons saisi les fourches pour aider Jeanne et Firmin, retrouvant ainsi les gestes ancestraux du travail dans les champs. Rien ne paraissait menacer ce monde-là, que la chaleur assoupissait dans une langueur prolongée la nuit par le chant innocent des grillons. Nous étions trop épuisés pour écouter les informations ou lire le journal que Jeanne, d'ordinaire chargée des courses au village, n'avait plus le temps d'aller acheter.

Au reste, nous étions tendus vers un seul but : en terminer le plus vite possible avec les foins, de manière à retrouver Séverine, nos courses éperdues vers l'eau, et cette magie de sa présence qui nous incitait à ne nous soucier que d'elle. Ce fut le cas dès ce lundi où nous l'avons rejointe près de la digue, et c'est peu dire que d'affirmer que je l'ai trouvée plus belle que jamais : encore plus bronzée, encore plus débordante de vie, ses yeux de velours noirs illuminés d'une joie qu'elle ne songeait pas à dissimuler.

Ainsi nous avons retrouvé sans la moindre inquiétude notre antre ombragé près de l'eau qui cascadait joyeusement au-dessous de la digue, en ne parlant que d'avenir, de la nomination que Séverine attendait d'un jour à l'autre, et que nous espérions la plus proche possible de Bordeaux.

— Alors nous pourrons nous voir toutes les fins de semaine ! se réjouissait Charles. Nous voyagerons à tour de rôle le dimanche.

— J'aurai des cahiers à corriger, tout de même, disait-elle.

— Nous les corrigerons avec toi, répondait Charles en riant.

Il m'associait à ces rencontres futures comme il l'avait fait depuis toujours, mais j'étais déjà résolu à les laisser seuls au moins un dimanche sur deux, comme ils l'espéraient sans doute au fond de leur cœur trop généreux pour pouvoir l'exprimer. Car je constatais chaque jour, quand je revenais de mes courtes escapades le long de la rivière, à quel point ils étaient faits l'un pour l'autre et combien était puissante la force qui les unissait. Il leur fallait un long moment, tournés l'un vers l'autre, se dévorant des yeux, pour se rendre compte de ma présence, au point que j'en étais gêné et que, parfois, je repartais sans bruit vers les champs et les prés qui s'étendaient au-delà de la berge, passé un rideau d'aulnes et de saules nains. Il m'est même arrivé, cet été-là, à deux ou trois reprises, de prétexter que ma présence était indispensable auprès de Jeanne et de Firmin pour laisser partir Charles seul vers celle qui l'attendait.

Pourtant, il s'est consacré aux moissons comme il le faisait depuis toujours, démontrant une énergie et un entrain sans faille, d'autant que Séverine était requise à ces mêmes travaux chez ses propres parents. Une longue semaine de séparation qui a sans doute fait souffrir Charles, mais pas un seul instant il n'a manifesté la moindre impatience ou la moindre contrariété.

— Ce sera bientôt fini, lui disais-je quand je le voyais rêver un instant, après avoir lié une javelle.

— Elle est tout près, répondait-il. Elle travaille elle aussi et je sais qu'elle m'attend. De quoi me plaindrais-je ? Quand je la serrerai de nouveau dans mes bras, elle sera chaude comme un galet sous le soleil.

Nous vivions, je l'ai dit, à l'écart des nouvelles du monde, car nous n'avions pas le temps de nous en inquiéter, et rien, au reste, ne paraissait trahir la moindre menace dans la paix de l'été auréolé d'une lumière superbe. De fait, quand nous avons retrouvé Séverine, début août, elle est arrivée munie de sa feuille de nomination à un poste de maîtresse d'école au village de Milhac, près de Périgueux, et qui se situait précisément sur la voie ferrée reliant le chef-lieu de la Dordogne à Bordeaux.

— N'est-ce pas extraordinaire ! s'est exclamé Charles. C'est exactement ce qu'il nous fallait !

Dès le lendemain nous avons pris le train, tous les trois, pour aller découvrir ce village où, désormais, battraient le cœur de Séverine et le nôtre parfois.

C'étaient quelques maisons basses, couleur de sable, autour d'une belle petite église romane, et qui s'étageaient vers l'est sur une colline calcaire où poussaient des petits chênes et des pins sylvestres. À l'ouest, au contraire, passaient à la fois la nationale et la voie ferrée qui conduisaient à Périgueux, tandis qu'au-delà, des champs couleur de cuivre montaient doucement vers d'autres collines où l'on apercevait des fermes disséminées dont les cheminées fumaient.

Nous avons accompagné Séverine chez le maire, afin qu'elle se présente à lui, et nous les avons laissés seuls devant l'école au fronton de briques rouges qu'il désirait lui faire visiter.

— Te rends-tu compte ? m'a dit Charles. Comment ne serions-nous pas heureux ici ?

Je me suis demandé un instant s'il envisageait d'arrêter ses études à Bordeaux afin de vivre en ces lieux avec Séverine, mais il m'a rassuré rapidement en ajoutant :

— Un peu plus de deux heures de trajet par le train ! N'est-ce pas formidable ?

À son retour, Séverine a paru enchantée par sa visite et nous a décrit le maire comme un homme soucieux de soutenir en tout point sa maîtresse d'école. Il lui avait promis d'acheter toutes les fournitures qu'elle jugerait nécessaires et, s'il le fallait, de renouveler les livres un peu anciens, et donc pour la plupart endommagés, qu'ils avaient examinés ensemble.

Heureux de la satisfaction manifestée par Séverine, nous avons repris la route de Montignac où nous avions laissé nos bicyclettes dans la cour de la gare. Dès lors, notre conversation a souvent porté sur la rentrée scolaire, et nous avons écouté Séverine nous expliquer comment elle entendait exercer le métier qu'elle avait choisi et dont elle espérait de grandes joies. Et nous avons vécu les jours qui ont suivi dans le plus grand bonheur, entre baignades, promenades, et courses folles au terme desquelles nous nous allongions à l'ombre d'un bois, à bout de souffle, couverts de sueur, seulement soucieux de profiter de ces heures précieuses qui nous semblaient alors devoir durer toujours.

Hélas ! Ce bonheur n'a duré que jusqu'au 24 août, lorsque nous avons appris la signature d'un pacte de non-agression germano-soviétique laissant à Hitler les mains libres face à la Pologne qui n'avait pas répondu à son offre de négociation. La France et l'Angleterre, liées par un traité d'alliance avec Varsovie, se trouvaient désormais seules devant le fou, et contraintes d'agir si le chancelier de l'Allemagne toute-puissante décidait de franchir la frontière avec son pays voisin.

Je me souviens très bien de ce matin-là : il faisait beau, des souffles tièdes apportaient le parfum poivré des éteules et celui, moins épicé, plus tendre, des chaumes, de part et d'autre de la petite route où nous roulions à la rencontre de Séverine, riant et chantant l'une de ces chansons lestes d'étudiants que nous avions apprise à Bordeaux. Je roulais devant, et c'est moi qui ai aperçu Séverine le premier, sous ce grand châtaignier où nous avions l'habitude de nous retrouver. Mais ce matin-là, elle ne regardait pas dans notre direction, et c'est seulement au moment où elle a tourné la tête vers nous, quand nous sommes arrivés à cinq mètres d'elle, que j'ai deviné des larmes dans ses yeux. Charles, derrière moi, ne les a découvertes qu'à l'instant où il s'est penché vers elle pour l'embrasser.

— Que se passe-t-il ? a-t-il demandé d'une voix qui ne trahissait pas encore la moindre peur.

Séverine avait écouté la radio avec ses parents au petit déjeuner et elle avait appris la nouvelle qui la bouleversait tellement : celle du pacte entre Hitler et Staline. Elle nous a raconté brièvement ce qui s'était joué à notre insu, alors que nous ne songions qu'à être heureux.

— La guerre ! a-t-elle murmuré dans un sanglot. Nous n'y échapperons pas !

— Mais non ! a protesté Charles en la prenant dans ses bras. Hitler n'osera jamais entrer en Pologne.

— Bien sûr que si ! Il n'a plus rien à redouter de l'URSS ! Tout le monde l'assure.

J'avais du mal à croire ce que je venais d'entendre. Je ne comprenais rien à ce qui venait de se passer. Je pensais que des négociations avaient lieu entre Staline, la France et l'Angleterre. Comment Hitler avait-il pu conclure un accord avec l'URSS ?

Séverine nous a alors expliqué que, d'après les commentateurs, Staline avait voulu détourner la guerre souhaitée par Hitler vers d'autres pays que le sien, et que probablement il avait obtenu des garanties sur ses prétentions au sujet des pays baltes.

— Quelle folie ! a soupiré Charles. Et quelle traîtrise !

Puis un profond silence est retombé sur nous, il a serré les mains de Séverine en disant :

— Espérons encore. Ni les uns ni les autres ne sont assez fous pour se lancer dans une aventure pareille.

Séverine a fait mine de le croire, nous sommes partis vers la rivière, mais la couleur du ciel et de l'eau n'était plus la même, et nous n'osions plus parler, de peur de trahir notre angoisse. Quelle triste journée ce fut ! Je me souviens que nous ne nous sommes pas baignés malgré la chaleur, et que nous sommes rentrés plus tôt que d'habitude, afin d'écouter la radio, abandonnant Séverine vers quatre heures de l'après-midi sur la petite route où je l'ai vue disparaître en songeant que c'était peut-être l'une des dernières fois.

Nous l'avons revue, pourtant, au cours des jours qui ont suivi, en espérant encore que les choses pouvaient s'arranger, mais de ces heures-là je n'ai gardé qu'un souvenir confus, comme si j'avais souhaité les supprimer de ma mémoire pour ne conserver que les premières, celles du bonheur et de l'insouciance dans la magnifique lumière de l'été.

En revanche, je me souviens parfaitement du matin du 1er septembre où nous avons appris que, sans déclaration de guerre, la Wehrmacht avait pénétré à l'aube en Pologne. Dès cet instant, dans la cuisine de Jeanne et Firmin désespérés, nous avons compris que s'achevait notre jeunesse, et que, déjà, sans doute, le meilleur de nos vies se trouvait derrière nous.

Effectivement, deux jours plus tard, l'Angleterre déclarait la guerre à l'Allemagne à onze heures du matin, et la France l'imitait à dix-sept heures, jetant dans un conflit armé des milliers de jeunes gens qui ne demandaient qu'à vivre heureux.

9

Le lendemain, en début d'après-midi, nous avons retrouvé Séverine à l'orée du bois où elle nous attendait chaque jour, et nous sommes allés marcher sur le sentier ombreux, sous le couvert des magnifiques chênes et des châtaigniers plus que centenaires, puis nous nous sommes assis sur l'herbe, entre les fougères qui sentaient bon l'été.

— Qu'est-ce qui va se passer ? a demandé Séverine d'une voix si faible qu'on l'entendait à peine.

Charles a laissé passer un moment, puis il s'est agenouillé devant elle et lui a pris les mains en disant :

— Nous allons nous engager.

Elle a tressailli, ses yeux se sont embués, tandis qu'elle tentait de protester :

— Mais vous n'avez pas tout à fait l'âge de partir ! Pas encore ! Pas si vite !

— Nous allons nous engager pour la durée de la guerre, a répondu Charles. Nous pouvons le faire : nous sommes allés à la mairie nous renseigner hier au soir.

De fait, après cette démarche, nous avions passé toute la nuit à discuter, Charles et moi, et nous étions arrivés à la conclusion que c'était là notre devoir, la seule attitude possible face à une pareille situation.

— On ne peut pas attendre d'être incorporés, avait-il argumenté. En tout cas, moi, je ne peux pas. Je veux tout de suite défendre mon pays, ses bois, ses forêts, ses rivières, les hommes et les femmes qui l'habitent. Je ne veux pas qu'un jour ils deviennent allemands. Imagine un peu le chagrin, la souffrance des nôtres – de nos parents, de Jeanne et de Firmin ! Je veux me battre pour eux, pour hier, pour tout ce qu'ils ont construit, tout ce qu'ils ont aimé, tout ce qu'ils ont souffert, mais aussi pour nous, c'est-à-dire pour demain.

— Tu as raison ! l'avais-je approuvé, mais sans doute avec un peu moins de conviction que lui.

Cependant je l'aurais suivi n'importe où, je le savais, il le savait, et c'est ce qu'a compris Séverine, ce matin-là, à l'instant où elle a murmuré d'un air accablé :

— Alors c'est bien fini ? Nous ne nous verrons plus !

— Mais si ! a répondu Charles. Rien ne nous séparera jamais, je te le promets. Il faudra être patients, mais la guerre finira un jour, et nous serons heureux de nouveau, car il faut être libre pour être heureux.

Et il a ajouté, avec un grand sourire :

— Ne t'inquiète pas : je te promets qu'il fera beau demain.

Elle a tenté de sourire, mais ce sourire s'est abîmé dans un sanglot qu'elle s'est efforcée d'étouffer, et alors Charles a proposé, se relevant brusquement :

— Allons nous baigner ! Profitons au moins de cette journée !

Nous sommes partis vers la digue sans grande

conviction, et nous nous sommes baignés, mais très rapidement : l'eau ne nous paraissait pas aussi fraîche qu'à l'ordinaire, et sa caresse sur la peau avait perdu de sa douceur. En somme, le monde avait changé en quelques heures et nous ne le reconnaissions plus. Il était devenu hostile, menaçant, et cela pour la première fois depuis qu'il nous avait ouvert les bras.

Après le bain, j'ai laissé Séverine et Charles seuls un moment, et je suis allé m'allonger à l'ombre d'un frêne sur la rive opposée, en essayant d'imaginer, mais vainement, ce qui nous attendait au cours des semaines et des mois à venir. Je n'avais pas peur à proprement parler, mais j'étais désespéré à l'idée de perdre ces jours de lumière et de devoir renoncer à notre insouciance, à nos projets, à la vie que nous avions menée et dont je savais qu'elle ne serait plus jamais la même. La France était en guerre contre l'Allemagne nazie ! À quoi aurait servi de poursuivre des études ? Il serait temps de les reprendre après la victoire ! C'était une évidence, mais comment accepter si vite de renoncer à ce que l'on a connu de meilleur ?

Quand je suis revenu vers Charles et Séverine, elle avait posé sa tête sur son épaule, et il lui avait entouré les siennes avec son bras droit. Ils ont sursauté en m'apercevant, puis ils se sont levés et nous avons quitté la rivière. Nous avions décidé la veille de repartir à Sarlat pour informer nos parents de notre résolution, et de regagner le plus tôt possible Bordeaux pour nous rendre au bureau de recrutement. Nous avons accompagné Séverine jusque chez elle, et nous l'avons quittée en lui promettant de venir lui dire au revoir avant notre incorporation. Pour ne pas trop céder à l'émotion Charles a précipité ces adieux, puis nous avons pédalé sans nous retourner vers la maison de Jeanne et de Firmin que nous avions prévenus au matin de notre décision.

— À votre âge, j'aurais fait comme vous, nous avait dit Firmin d'un ton ferme et sans la moindre hésitation.

Jeanne a versé quelques larmes, mais elle s'est efforcée de sourire quand nous l'avons embrassée. Ensuite nous nous en sommes allés sans un mot, Charles et moi, mais en essayant d'imprimer dans notre mémoire ces champs, ces prés et ces bois dont nous allions être séparés sans doute avant la fin de l'année, et peut-être pour longtemps.

Si les parents de Charles l'ont félicité pour sa décision, ma mère a tout essayé pour me dissuader de m'engager. Mon père, lui, est demeuré muet. Il avait fait la guerre de 14-18, était revenu diminué à cause d'une blessure à une jambe qui le faisait atrocement souffrir, et je devinais qu'il n'était pas mécontent de me voir reprendre le combat. En fin de compte, j'ai fini par convaincre ma mère en lui apprenant qu'on pouvait choisir son arme si on s'engageait – ce qui ne serait pas possible lors d'une incorporation réglementaire, qui ne tarderait d'ailleurs pas.

— Nous avons bien réfléchi, ai-je conclu : nous choisirons l'artillerie.

Elle a fini par céder, persuadée par mon père que c'était dans cette arme que l'on courait le moins de risques.

Le lendemain, j'ai retrouvé Charles à la gare et nous sommes partis pour Bordeaux, afin de concrétiser notre projet, ce qui s'est fait sans difficulté, car, sur le conseil de son père, nous avions pris soin d'emporter avec nous les pièces administratives nécessaires. Puis nous avons passé deux jours à évacuer notre appartement de nos affaires que le père de Charles est venu chercher en voiture, et nous avons constaté, non sans satisfaction, que bon nombre de nos amis étudiants avaient pris la même décision que nous. Ensuite, nous sommes rentrés à Sarlat pour attendre notre feuille de route, et, vers le 20 septembre, nous sommes revenus à Aubas, et nous avons profité de ce séjour pour aider Séverine à emménager dans l'école de Milhac.

À cette occasion-là, nous avons fait la connaissance de ses parents, lesquels ressemblaient beaucoup à Firmin et à Jeanne, même s'ils étaient beaucoup plus jeunes qu'eux. Ils ne nous ont pas paru inquiets de la voir s'installer seule – il n'y avait qu'une classe au village –, mais fiers, au contraire, de constater que leur fille unique allait gagner sa vie en exerçant une profession si respectée, si honorable, dont ils avaient rêvé pour elle pendant des années.

Et c'est à la fin de ce bref séjour que nous avons reçu notre feuille de route pour la caserne Bosquet, de Valence, où nous devions recevoir notre instruction. Nous avions obligation de nous y trouver le 25 septembre à midi, dernier délai. Nous sommes aussitôt partis pour Milhac, afin de l'annoncer à Séverine, et au terme de cet après-midi-là, Charles m'a déclaré qu'il ne rentrerait pas à Aubas, avec moi, mais seulement le lendemain.

— Elle le souhaite, m'a-t-il dit, et je n'ai pas cru

devoir refuser. Qui sait si nous nous reverrons un jour ?

Et, comme je ne répondais pas :

— Ne me juge pas mal, Antoine. Elle m'a imploré de rester pour la nuit. Est-ce que je devais refuser ?

— Non ! ai-je répondu avec un pincement au cœur. Tu as bien fait d'accepter.

Je suis parti seul par le train de cinq heures, et Charles m'a rejoint le lendemain à Aubas, muet pendant de longues minutes, comme pétrifié, encore tout entier tourné vers cette nuit passée dans la petite école, un sourire errant sur son visage grave, à la fois désespéré et plein d'une joie inexprimable. Ce n'est que le soir, alors que nous nous apprêtions à quitter Jeanne et Firmin, qu'il m'a demandé, en tremblant un peu :

— Sais-tu quels ont été ses derniers mots en quittant mes bras ?

— Dis-le-moi, s'il te plaît.

— « Et souviens-toi que je t'attends. »

10

On a beau avoir conscience qu'on est en train de s'éloigner du cœur le plus précieux de son existence, on ne peut pas se préparer à ce qui est encore inconnu. Nous avions été heureux comme il est rare de l'être et nous avons été contraints de dire adieu aux jours de lumière, un matin, sur la route de la petite gare où nous attendait le train qui allait nous emporter vers un autre destin. Il faisait beau, ce matin-là, entre les châtaigniers qui commençaient à se teinter de rouille, mais l'air avait gardé la même clarté que pendant l'été, et les parfums aussi demeuraient les mêmes.

— Arrêtons-nous un instant, m'a dit Charles.

Une mince rosée faisait luire les fossés. L'herbe à peine froissée étincelait, répondant ainsi aux éclairs du soleil entre les feuilles des arbres.

— Regarde bien, Antoine, a repris Charles. Regarde bien cette lumière ! Qui sait si nous retrouverons la même ?

De fait, nous étions loin d'imaginer quelles noires couleurs peut prendre la vie du jour au lendemain. C'est ce que nous avons découvert côte à côte, Charles et moi, d'abord à la caserne Bosquet pendant trois mois, puis au 14e régiment d'artillerie de

Crépy-en-Valois, jusqu'au mois d'avril qui a suivi, après un hiver au cours duquel nous avons eu très froid – froid dans le corps et dans le cœur, encore incrédules d'avoir été emportés par la tourmente si loin de notre univers familier.

Il ne se passait pas une journée sans que nous parlions de Séverine et c'était notre refuge pour oublier la hargne des sous-officiers qui nous encadraient.

— Je sais qu'elle est à l'abri, là-bas, à Milhac, et qu'elle ne risque rien, me disait Charles. Que souhaiter de plus aujourd'hui ? Il suffit de se montrer patient et de rester en vie.

Il n'exprimait jamais le moindre regret de s'être engagé : il était clair que de toute façon nous aurions été incorporés ce printemps-là, même si la guerre semblait endormie dans cet hiver qui n'en finissait pas. La neige et le froid avaient en effet emprisonné les collines et les bois sous une couche blanche qui gelait toutes les nuits, lissée par un terrible vent du nord. Nous étions obligés de casser la glace tous les matins pour faire notre toilette, et nous passions notre temps libre à jouer aux cartes, en écoutant d'une oreille distraite les nouvelles de ce qui n'était même pas le front, Hitler ayant renoncé pour l'instant à attaquer la France.

Charles me lisait les lettres de Séverine, du moins les lignes qui me concernaient, mais qui, il faut bien l'avouer, étaient de moins en moins nombreuses. Elle lui écrivait deux fois par semaine et il lui répondait aussitôt en me demandant parfois d'ajouter quelques mots, ce que je faisais volontiers, pour me donner la sensation de prolonger malgré tout un bonheur qui s'était enfui. Ces quelques lignes, hélas, n'étaient pas de nature à nous consoler de nous trouver si loin des rives bénies de notre adolescence.

Cependant, dès les beaux jours venus, dans cette guerre où l'on ne livrait aucun combat, on avait l'impression que la paix était encore possible. Aussi avons-nous été surpris quand la nouvelle de l'attaque allemande nous est parvenue, et plus encore, les jours suivants, en apprenant que les Allemands avaient franchi la Meuse et percé à Sedan. Quel était soudain cet ébranlement qui parcourait le pays tout entier ?

Notre bataillon est parti vers l'Aube et nous avons cantonné dans le village de Trancault où nous avons creusé des tranchées tout en continuant notre instruction. C'était étrange ce sentiment de danger indéfinissable, que des rumeurs propageaient sans que nous puissions deviner si elles étaient fondées ou pas.

— C'est impossible que le front ait cédé, me disait Charles chez qui, pourtant, un doute s'insinuait.

Nos officiers, eux, gardaient le silence, mais nous constations chaque jour que l'inquiétude les gagnait. Séverine, elle, s'était forcément un peu éloignée de nos pensées, d'autant que le courrier suivait mal, trahissant de ce fait un défaut préoccupant de l'organisation militaire.

— Elle est loin du front, me disait Charles quand la pensée soudaine de l'école de Milhac lui venait à l'esprit. Et nous sommes là pour la protéger. D'ailleurs, tous les nôtres sont à l'abri : c'est ce qui compte.

Je l'approuvais en essayant de faire preuve de la même confiance que lui. Pourtant, quand au début du mois de juin nous nous sommes repliés vers la Seine sans même avoir tiré un coup de canon, nous avons compris qu'il se passait quelque chose de grave, d'autant que le silence de notre maréchal des logis se prolongeait et devenait inquiétant. Nous nous sommes arrêtés près du village de Pont-sur-Seine, où nous avons organisé la défense du site en mettant en batterie un canon sur chaque rive. Presque une semaine a passé au bord de la rivière qui coulait paisiblement, et Charles en a profité pour écrire à Séverine dont il ne recevait maintenant plus aucune lettre.

Nous sommes restés là jusqu'au 13 juin, installant des mitrailleuses de part et d'autre du pont et creusant des tranchées dans les prés avoisinants, et c'est au début de cet après-midi-là que nous avons entendu pour la première fois les avions bombarder la route à quelques kilomètres devant nous, là où refluait notre infanterie en déroute. Puis ce sont les civils qui ont surgi, affolés, criant que les Allemands se trouvaient juste derrière eux. Le génie a fait alors sauter le pont, et, comme il n'y avait plus rien à défendre, notre capitaine a donné l'ordre de repli.

Nous avons emporté avec nous le minimum vital, et nous avons commencé à marcher vers le sud en entamant une retraite harassante et honteuse dans la chaude nuit de juin. Nous avons marché ainsi pendant quarante-huit heures sans prendre de véritables repas, suffoqués de chaleur et de soif, en évitant la route où les réfugiés se faisaient mitrailler par l'aviation ennemie. Charles ne décolérait pas :

— Quelle honte ! me disait-il. Faire retraite sans même combattre ! Est-ce pour cela que nous nous sommes engagés ?

J'étais aussi furieux que lui, même si je manifestais ma colère moins ouvertement. Et je n'ai pu m'interposer quand il a eu un soir une altercation avec le maréchal des logis qui prétendait nous obliger à faire halte dans un champ, alors que les Allemands se trouvaient à moins de trois kilomètres derrière nous. De fait, nous étions épuisés, affamés, et bien des hommes se couchaient dans les fossés en refusant d'avancer. Une nuit, des éclaireurs envoyés à l'avant sont revenus à trois heures en affirmant que les Allemands avaient déjà atteint les villages situés plus au sud. Alors nos officiers, à notre grande stupéfaction, ont décidé de se rendre à l'aube et ils sont venus nous en informer sans chercher à cacher un certain soulagement.

— On s'en va ! m'a dit Charles dès qu'ils ont été couchés. Je suis sûr qu'il doit y avoir moyen de passer !

Et nous sommes partis tous les deux, sans vivres et sans armes, le long d'un sentier qui sinuait entre des champs que nous avons heureusement quittés en escaladant la première colline apparue devant nous. Elle était recouverte d'un grand bois de chênes où quelques ramiers battaient des ailes, et nous avons pu nous faufiler entre les positions allemandes, qui, c'est vrai, avaient allumé des feux de bivouac à l'est et à l'ouest. Où avons-nous trouvé la force d'avancer dans cette nuit hostile ? Sans doute dans l'espoir de pouvoir regagner le Périgord et ceux que nous aimions.

— Là-bas, nous pourrons nous cacher le temps nécessaire avant de reprendre le combat, me répétait Charles en allongeant le pas.

Je ne répondais pas, m'efforçant simplement de le suivre dans cette retraite éperdue où nous avions du mal à nous repérer, et en espérant que la chance serait de notre côté.

Au petit matin, alors que nos jambes nous portaient à peine, nous avons trouvé refuge dans une ferme où l'on nous a donné du café, du pain et du beurre que Charles a tenu à payer. Puis nous sommes repartis en évitant les routes, et c'est ainsi que nous avons pu échapper à l'étau qui se refermait sur les unités françaises en déroute, dans une épouvantable panique que compliquait l'exode de la population.

J'ai alors retrouvé chez Charles cette énergie, cette force que j'avais découvertes au collège, et qui m'avaient tant impressionné. Pas une plainte, pas un soupir, pas un regret ne sortaient de sa bouche, tandis que nous avancions à travers la campagne sans jamais de repos, sinon quand nous nous arrêtions dans des fermes isolées pour demander de la nourriture. Les paysans qui nous accueillaient avec méfiance ne nous donnaient pas grand-chose, et encore moins des nouvelles, car tous ne possédaient pas la radio et ils étaient beaucoup trop occupés au-dehors par les foins à rentrer. Nous ne savions guère ce qui se passait derrière nous, mais ce n'était pas notre principal souci : il fallait marcher, marcher encore, marcher toujours pour échapper au piège qui avait failli se refermer sur nous.

C'est dans une maison isolée du Loiret où nous avons trouvé refuge pour la nuit que le propriétaire et sa femme, des petits retraités qui habitaient une demeure à l'écart d'un gros bourg, nous ont appris que le maréchal Pétain avait demandé l'armistice.

Nous en avons été tellement stupéfaits que nous sommes repartis aussitôt après avoir repris des forces grâce à une omelette au jambon.

Deux jours plus tard, nous avons rencontré une dizaine de soldats qui marchaient comme nous vers le sud, et qui étaient au courant de ce qui se passait. Parmi eux, un lieutenant d'infanterie a déclaré qu'il était de notre devoir de passer en Afrique du Nord pour continuer le combat, et cette idée a tout de suite convaincu Charles, que la débâcle avait exaspéré. Je me rappelle très bien cette nuit-là : nous étions réfugiés dans une grange en compagnie des autres soldats, et je voyais briller ses yeux dans l'ombre, alors que, face à moi, il échafaudait des plans pour reprendre la lutte et se libérer de cette honte qui nous accablait.

— Nous passerons d'abord chez nous, puis nous repartirons, m'a-t-il dit cette nuit-là, animé de cette fièvre farouche qui l'empêchait de trouver le sommeil.

Le lendemain nous nous sommes remis en route, non sans promettre aux autres soldats de nous retrouver de l'autre côté de la Méditerranée. Le lieutenant, qui s'appelait Sanson, a voulu nous retenir, mais Charles a parlementé un moment avec lui, et nous avons pu nous en aller, sous un orage qui nous a transpercés d'une pluie heureusement tiède, vers ce coin de France qui nous avait tant manqué depuis plus de neuf mois.

Nous sommes arrivés à Milhac en fin d'après-midi, le 10 juillet, encore vêtus de nos uniformes d'artilleurs, espérant que Séverine n'aurait pas encore regagné la ferme de ses parents pour les vacances. Nous avons attendu la nuit dans le petit bois qui dominait le village, puis nous sommes descendus vers l'école où brillait une lumière à l'étage.

— Elle est là, a dit Charles en me prenant le bras. Viens !

J'ai refusé : je désirais les laisser seuls pour ces retrouvailles qu'ils avaient attendues si longtemps, et je suis parti vers la gare où je comptais prendre le train de nuit pour Aubas où il me serait plus facile qu'à Sarlat de me cacher pour l'attendre. Charles a insisté, essayé de me convaincre de ne pas nous séparer, mais je me suis enfui, me déliant de ses mains qui tentaient de me retenir, et j'ai couru vers la gare où je savais qu'un train passait à onze heures et demie, car nous l'avions pris une fois en septembre dernier.

Je suis arrivé à Aubas à trois heures du matin, après être descendu au Lardin et avoir marché pendant dix kilomètres au cœur d'une nuit extraordinaire : non seulement tous les parfums de l'été s'étaient levés avec l'humidité, non seulement elle crépitait de millions d'étoiles scintillantes, mais elle célébrait avec moi des retrouvailles que j'avais fini par croire impossibles. Je retrouvais le monde d'avant, j'avais la sensation d'avoir franchi l'obstacle qui me séparait de lui, et il m'a semblé qu'il m'était rendu pour toujours. Une illusion, bien sûr, mais comme elle était douce quand j'ai serré dans mes bras Jeanne et Firmin, réveillés par les coups frappés au volet de leur chambre, en un instant rassurés après avoir craint le pire en n'ayant plus de nouvelles de notre part.

11

J'ai passé là une journée entière à dormir, veillé par mes adorables grands-parents qui avaient prévenu mon père et ma mère. Ils sont arrivés le surlendemain, à la fois réconfortés de me voir et inquiets de ce que j'allais devenir. Ils avaient redouté que nous ayons été faits prisonniers, comme des milliers de soldats français, et ils s'interrogeaient sur ce que nous avions décidé, Charles et moi, pour échapper aux menaces d'un ennemi vainqueur, qui venait de surcroît d'établir une ligne de démarcation. D'après leurs renseignements, la Dordogne était coupée en deux : il existait une zone occupée au nord et à l'ouest de Périgueux, et une zone libre : celle où nous nous trouvions, au sud du chef-lieu du département.

Mon père m'a appris également qu'il avait entendu un appel à la résistance d'un certain général de Gaulle peu avant la demande d'armistice du maréchal Pétain, et j'ai compris qu'il en était heureux : il n'avait rien oublié de ses souffrances de la guerre de 14-18, et il refusait cette défaite de l'armée française qui, selon lui, avait trahi tous ceux qui avaient cru en elle.

Aussi, quand je lui ai appris que nous envisagions de passer en Afrique du Nord, Charles et moi, il n'a pas émis les protestations que je redoutais. Mais devant le front uni de Jeanne et de ma mère, j'ai fait un peu marche arrière, car je me demandais si la résolution de Charles n'aurait pas fondu après son séjour clandestin avec Séverine, dans l'école de Milhac. J'ai promis à mon père et à ma mère de repasser de toute façon à Sarlat, afin de les tenir au courant avant un éventuel départ, et j'ai attendu Charles avec impatience, car il me tardait d'être fixé. Il est arrivé quarante-huit heures plus tard, et, aussitôt, a levé mes doutes, dont j'ai eu honte, il faut bien que je le confesse, en constatant sa détermination, mais aussi le soin qu'il avait pris, en si peu de temps, d'échafauder un plan :

— Nous avons vécu de merveilleux étés, m'a-t-il dit, mais je ne veux pas que celui de nos vingt ans soit celui de la honte et de la défaite. Il faut que ce soit celui de la révolte et du combat.

Et il a ajouté, en me prenant par les épaules :

— Il décidera de nos vies, mais je suis certain qu'il sera celui de la première marche vers la victoire. Il ne peut pas en être autrement. Il faut qu'il soit aussi beau, et même encore plus beau que les autres, sans quoi tout ce que nous avons vécu serait perdu. Tu comprends, Antoine ?

— Bien sûr !

— Tu connais Séverine, a-t-il repris : elle m'a assuré que j'étais libre de ma décision, et qu'elle me faisait une entière confiance.

Il a poursuivi, un grand sourire illuminant son visage :

— Elle m'a promis qu'elle m'attendrait le temps qu'il faudrait, et qu'elle s'engagerait aussi dans le combat pour se sentir plus près de moi. Est-ce que ça t'étonne, Antoine ?

— Rien ne m'étonne d'elle, ai-je répondu. Tu le sais bien.

— Alors voilà ce que nous allons faire !

Il avait passé deux jours à étudier la question : à son avis, pour gagner l'Afrique du Nord, il valait mieux passer par le Portugal que par l'Espagne où le général Franco avait pris le pouvoir avec l'aide d'Hitler, et qui, selon Charles, était capable de nous livrer aux nazis. Donc il ne fallait pas partir par Perpignan mais par la côte atlantique, c'est-à-dire Hendaye et Saint-Sébastien, et, de là, par la montagne, descendre vers le Portugal où il serait plus facile de trouver un bateau pour l'Afrique du Nord.

Charles a précisé, plantant son regard fiévreux dans le mien :

— Il faut faire vite, car la zone occupée longe la côte atlantique, et les Allemands sont en train de s'installer là-bas. Plus vite on partira, et mieux ce sera.

Restait pourtant à prévenir ses parents, mais Charles ne doutait pas qu'ils approuveraient sa décision, ce qui fut le cas, dès la nuit suivante, quand nous avons gagné Sarlat à bicyclette. Je suis persuadé qu'il a pensé à Séverine, cette nuit-là, tandis que nous roulions à la lueur de la lune, même si elle n'était plus près de nous, pour éclairer ces heures désormais sombres et inquiétantes. J'y songeais pour ma part, en regrettant de n'avoir pu lui faire mes adieux, et lui avouer combien elle m'avait été précieuse au cours de ces deux années qui venaient de s'achever.

Notre jeunesse, heureusement, nous prédisposait encore à l'espoir et ni lui ni moi ne doutions de la revoir un jour, au terme des épreuves qui s'annonçaient. Nous possédions assez de force et de courage pour affronter l'ennemi qui, par deux fois en moins de cinquante ans, avait envahi cette France que nous aimions follement, et incrusté ses bottes guerrières sur la terre de Jeanne et de Firmin.

Nous sommes partis de nuit, conduits en voiture par le père de Charles vers Toulouse, puis en direction de Pau, et enfin d'un village près de la ligne de démarcation où il nous a laissés, à l'aube d'une magnifique journée qui étirait des écharpes roses au-dessus des Pyrénées. Nous étions garés dans un chemin rocailleux, et, notre petit sac de voyage à l'épaule, nous faisions face au père de Charles, un peu hésitant, sans doute, avant de nous abandonner. Mais cet homme était un roc qui n'avait pas l'habitude de tergiverser ni de s'apitoyer. Pas très grand, trapu, les cheveux courts, les yeux clairs au contraire de son fils qui les avait noirs comme sa mère, il parlait peu et paraissait insensible à la moindre émotion. Quand il a embrassé Charles, pourtant, il l'a retenu un long moment contre lui et j'ai pu entendre, malgré moi, ce qu'il lui murmurait à l'oreille :

— Je suis fier de toi. À vingt ans, j'aurais fait comme toi.

Puis il m'a serré la main et, sans se retourner, il est monté dans sa traction noire et il a fait demi-tour. Nous étions seuls, désormais, face à la montagne, à quelques kilomètres de Saint-Jean-Pied-de-Port, la ville la plus proche, qui se trouvait en zone occupée.

Heureusement, c'était en juillet, et nous n'avions pas à redouter la neige et le froid de l'hiver. Nous avions conscience d'avoir trois mois devant nous pour franchir les Pyrénées et longer les hautes vallées, de l'autre côté, avant de descendre vers le Portugal en évitant les villes et les bourgs où sévissait la police franquiste.

Il nous a fallu seulement deux jours pour trouver des contrebandiers qui franchissaient régulièrement la frontière, et qui détestaient Franco. Le fait d'apprendre que nous voulions rejoindre l'armée d'Afrique pour continuer le combat contre Hitler avait suffi à l'un d'eux, prénommé Miguel, qui avait perdu toute sa famille assassinée par les franquistes à Teruel, pour nous aider et s'attacher à nous au point de souhaiter nous suivre en Algérie, afin de s'engager dans la Légion. C'était un homme sec et brun, tout en nerfs et en fureur, qui ne rêvait que de se venger, et il nous a été très précieux durant le mois qui a suivi, pour éviter les villages où il existait un poste de la Guardia Civil. Sans lui, je ne crois pas que nous aurions pu aller au bout de notre périple.

La montagne était belle mais redoutable, avec ses précipices, ses rochers qui dégringolaient parfois sur les sentiers abrupts où nous avancions, d'autant que nous avions perdu des forces, du fait que nous mangions très peu : il était difficile de trouver de la nourriture sans s'approcher des villages, et parfois Miguel, sans nous l'avouer, en volait, la nuit, dans les fermes isolées. Charles se désolait de ne pouvoir écrire à Séverine, mais il avait pu poster une dernière lettre peu avant notre départ.

— Elle sait que je pense à elle, me disait-il souvent. Elle a confiance, et moi aussi.

Malgré les difficultés innombrables du chemin, jamais il ne doutait de notre réussite. Depuis toujours, se heurter aux obstacles le poussait à se surpasser. Quand il était épuisé, le soir, après une longue marche, il trouvait encore les mots, avant de sombrer dans le sommeil, pour évoquer le combat qui nous attendait.

— Être vaincu sans me battre est ce qui m'est arrivé de pire dans ma vie, me répétait-il souvent.

Il ajoutait, avec une fièvre qui l'exaltait :

— Nous reviendrons en vainqueurs pour Séverine et pour les nôtres. Tu me crois, Antoine ?

— Bien sûr que je te crois.

Et pourtant, il a été long et périlleux, le chemin, au point que Miguel a disparu une nuit, arrêté par la Guardia Civil, et nous ne l'avons jamais revu. Nous n'avons eu que le temps, le matin suivant, en ne le voyant pas revenir, de nous enfuir en compagnie des deux autres contrebandiers qui travaillaient avec lui.

Ils nous ont laissés dans la Sierra de la Cabrera à la fin du mois d'août, à quelques kilomètres seulement de Bragança, la première ville portugaise au-delà de la frontière – frontière que nous avons franchie avec soulagement, car nous savions que nous serions désormais en sécurité, en tout cas beaucoup plus qu'en Espagne. Dans cette petite ville, Charles a posté une lettre à Séverine dans laquelle il lui écrivait que nous avions réussi. Il s'avançait certes un peu, mais son seul souhait était de la rassurer. Puis nous sommes repartis en direction de l'océan, en espérant trouver un bateau pour Tanger. Les villages traversés ne nous paraissaient pas hostiles, et c'est à peine si les habitants levaient les yeux sur nous. La pauvreté jetait sur les routes des centaines de chemineaux qui allaient chercher leur pain dans les propriétés agricoles des vallées ou, plus bas encore, dans les grandes villes.

Nous sommes arrivés sans encombre à Porto huit jours plus tard, et nous avons erré sur le port sans succès pendant une semaine avant qu'un pêcheur que nous avons aidé à décharger ses poissons nous abrite une nuit et nous donne à manger. Il s'appelait Braga et se disait responsable d'une organisation antifasciste chargée de lutter contre Salazar, qui, selon lui, gouvernait de la même manière que Franco. À l'en croire, ce n'était pas la première fois qu'il recueillait des hommes qui avaient fui la France occupée pour gagner l'Afrique du Nord, mais nous avions appris à nous méfier de tout.

— C'est en Angleterre, pour rejoindre de Gaulle, et non pas en Afrique, qu'il faut aller, nous a-t-il dit. Si vous êtes d'accord, je vous fais conduire à Lisbonne où vous prendrez l'avion.

Pouvions-nous lui faire confiance ? Malgré les risques – nous ne le connaissions pas la veille –, nous n'avons pas hésité longtemps : il avait prononcé les mots « Angleterre » et « de Gaulle ». C'était beaucoup plus que nous n'avions espéré, d'autant que la perspective de prendre l'avion nous paraissait plus rapide et plus efficace qu'un éventuel bateau pour Tanger.

C'est ainsi que nous sommes partis dans une camionnette antédiluvienne remplie de légumes pour Lisbonne où nous sommes arrivés, conduits par un cousin de Braga appelé Christiano, au début de septembre. Là, le chauffeur nous a emmenés dans une banlieue couverte d'entrepôts qui jouxtait un petit aérodrome, et il nous a laissés devant un immense hangar dont l'entrée portait l'enseigne « Antonio de Oliveira ». C'était un grossiste qui expédiait dans le monde entier des produits maraîchers, d'où sa proximité avec un aérodrome et une activité que nul ne pouvait trouver suspecte.

Nous y sommes restés trois jours et trois nuits sur deux paillasses dissimulées au fond d'un appentis qui menaçait ruine. Des odeurs de fruits pourris rampaient au ras du sol, imprégnant nos vêtements et nous empêchant de dormir. Un homme appelé Joaquim nous portait à manger, mais nous n'avons jamais vu le maître de ces lieux : le nommé Oliveira qui tenait sans doute à demeurer dans la clandestinité. Le temps nous a paru très long, et nous avons même songé un soir à nous enfuir, en craignant d'être livrés à la police, mais il nous a semblé plus raisonnable de saisir la chance d'un voyage rapide vers l'Angleterre.

Trois nuits plus tard, enfin, Joaquim est venu nous chercher à deux heures du matin, il nous a conduits à l'aérodrome et fait monter dans un avion en nous remettant une enveloppe destinée à celui qui devait nous accueillir à Londres. Le lendemain matin nous avons posé le pied en Angleterre, pas tout à fait certains, encore, d'avoir réussi dans une entreprise que nous n'avions jamais imaginée si périlleuse.

12

Après la honte de la défaite, après les périls de la route, après le chagrin de la séparation, après les dangers d'être trahis, nous retrouver à Londres, dans un petit matin gris, pour reprendre le combat, nous a assez réjouis pour ne pas nous inquiéter des deux inspecteurs de la sécurité qui nous attendaient au bas de la passerelle. Vêtus d'un impeccable costume gris, d'une extrême courtoisie, ils nous ont montré leur carte et nous ont entraînés vers une fourgonnette sans que nous songions un seul instant à demander la moindre explication.

Au bout d'une vingtaine de minutes, nous sommes arrivés devant un pavillon de briques rouges, où, sur la demande d'un gardien en uniforme noir, nous avons dû abandonner notre petit sac de voyage, qui, du reste, ne contenait presque plus rien, mais aussi vider nos poches – qui n'étaient pas davantage garnies. Puis, de l'autre côté d'un parc à la pelouse superbe, les inspecteurs nous ont entraînés vers un très haut bâtiment aux fenêtres étroites, qui ressemblait à un collège et où, effectivement, se trouvaient un réfectoire, une salle de bibliothèque et, au deuxième étage, un dortoir où une cinquantaine de lits étaient alignés.

— Vous dormirez là, nous ont-ils dit négligemment, comme s'il s'agissait d'une évidence.

Nous avons tenté de les interroger mais ils ont refusé de répondre à nos questions, et nous sommes redescendus vers une grande salle de jeu où s'affairaient des hommes assis à des tables ou discutant debout, par petits groupes. J'ai eu l'impression d'entendre une dizaine de langues différentes, et Charles a très vite lié conversation avec un jeune Français originaire de Saint-Jean-de-Luz, qui lui a expliqué pourquoi tant d'hommes se trouvaient là : c'étaient les hommes du refus, ils venaient de loin – de partout en Europe –, ils avaient traversé des frontières, pris des risques insensés, s'étaient cachés, avaient marché et souffert, mais parmi eux pouvait s'être glissé un ennemi qui, une fois au cœur du combat, pourrait en trahir des milliers. En conclusion, nous étions là pour être interrogés, poussés dans nos derniers retranchements, notre vie allait être fouillée, minutieusement examinée puis, éventuellement, si tout se passait bien, nous serions formés pour repartir au combat.

— Combien de temps cela va-t-il prendre ? a demandé Charles.

— Impossible de savoir. Certains prétendent qu'on peut rester un an ici.

Une année ! Non ! C'était impensable ! Jamais nous ne pourrions le supporter ! C'est ce que répondit Charles au Basque, qui n'insista pas et alla s'installer à une table pour y disputer une partie de cartes.

Et pourtant, dès ce matin-là, nous avons dû apprendre à ne pas compter les heures ni les jours, à nous armer de patience, à vaincre l'ennui et accepter un rythme de vie en milieu clos, alors que nous avions couru les routes et les montagnes pendant des mois. Et il s'est passé deux semaines avant que nous soyons interrogés pour la première fois, Charles et moi. Deux semaines à nous demander si nous n'avions pas fait fausse route, à tuer le temps en lisant les journaux et notamment *La France*, le quotidien français de Londres –, à discuter avec tous ceux qui, là, attendaient comme nous que les services de renseignements anglais aient pu faire leur travail.

Un gardien en uniforme à boutons d'argent m'a conduit au sous-sol du collège où s'est levé de derrière un bureau un lieutenant d'une quarantaine d'années, très grand, les cheveux gris, qui m'a reçu courtoisement et m'a expliqué ce que j'avais déjà appris des résidents retenus en ces murs : à savoir que toute mon existence allait être examinée, scrutée, détaillée, vérifiée, pour d'évidentes raisons de sécurité.

— Nous ne pouvons prendre le risque de mettre en péril notre peuple et notre armée. Ne me cachez rien, dites-moi tout. C'est le seul moyen pour vous de sortir d'ici et de repartir au combat, puisque c'est ce que vous souhaitez, n'est-ce pas ?

— Effectivement.

J'ai dû raconter tout ce que j'avais vécu depuis mon enfance, depuis Sarlat, le collège La Boétie, Périgueux, Aubas, Charles, Séverine, Milhac, Bordeaux, mon engagement, Valence, le 14e régiment d'artillerie, Crépy-en-Valois, puis la défaite, Saint-Jean-Pied-de-Port, l'Espagne, le Portugal. Le lieutenant noircissait calmement un cahier d'une écriture élégante, et de temps en temps posait une question, quand une précision lui semblait utile.

— C'est bien le père de votre ami qui vous a conduit à la frontière de la zone occupée ?

— Oui.

— Quel est le numéro d'immatriculation de la voiture ?

— Je ne m'en souviens pas exactement. Charles vous l'indiquera, lui, si vous le lui demandez.

Le lieutenant tiqua, puis il observa :

— Ce n'était pourtant pas la première fois que vous utilisiez cette voiture, puisque le père de votre ami vous avait déjà conduit à Bordeaux lors de votre inscription en faculté de droit.

— C'est vrai, mais je ne me suis jamais intéressé au numéro d'immatriculation de cette traction.

— C'était donc une traction ?

— Oui.

— Et pourquoi ne pas me l'avoir dit tout de suite ?

— Je ne pensais pas que c'était important.

— Tout est important, a soupiré le lieutenant. Je vous l'ai déjà dit.

Cet interrogatoire a duré trois jours, avec une pause à midi, et reprise à quatorze heures. Le lieutenant manifestait toujours un calme et une patience à toute épreuve. D'évidence, il n'était pas pressé. On aurait dit qu'il faisait durer son travail volontairement, et nous devions apprendre pourquoi, Charles et moi, quelques mois plus tard. Enfin, au terme de ces trois jours, il m'a libéré un soir en me disant :

— Nous nous reverrons dans un mois.

Charles, lui, fulminait d'être ainsi retenu prisonnier et il se promettait d'affronter l'officier de renseignement pour lui faire hâter les choses. Il n'a pas été reçu par le même lieutenant que moi, mais par un capitaine, qui l'a gardé cinq jours. Qu'est-ce que cela pouvait bien signifier ? Nous ne parvenions pas à nous résigner à cette longue attente, malgré les paroles rassurantes des deux officiers qui concluaient toujours en disant :

— Votre tour viendra. Soyez confiants. Nous aurons besoin de vous.

En dehors de ces interrogatoires, il était évidemment interdit d'écrire, de donner notre adresse à qui que ce soit, et c'est peut-être ce qui exaspérait le plus Charles.

— Séverine doit s'inquiéter sans nouvelles, me disait-il. Va savoir ce qu'elle fait, à cette heure ?

Je m'efforçais de le rassurer, mais je n'y parvenais pas toujours et je me souciais fort de ces colères qui le prenaient, parfois, et provoquaient des heurts avec les résidents, que les gardiens avaient beaucoup de mal à réprimer. Il était égal à lui-même, en somme : énergique, insoumis, volontiers batailleur, jamais résigné.

— Parle-moi d'elle, Antoine, me disait-il dès que nous nous retrouvions seuls.

Je ravivais nos souvenirs, lui racontais notre rencontre, le jour où l'un de ses pneus de bicyclette avait crevé, mais aussi nos baignades sous la digue, nos rendez-vous à Montignac en hiver, tout ce qui nous avait liés plus sûrement que si nous étions membres d'une même famille.

— Tu n'as pas souffert de nous voir nous aimer ?

Comment n'aurais-je pas souffert ? J'avais attendu, espéré une telle rencontre autant que lui. Et Séverine représentait pour moi la jeune fille idéale : belle, vive, intelligente, douée de toutes les qualités. Je n'ai pas eu besoin de lui répondre : il le savait.

— Tu ne m'en as jamais voulu ?

— Tu m'as dit un jour que c'était trop grand, trop fort pour pouvoir y résister. Je t'ai cru, Charles, c'est tout.

Ces conversations nous servaient au moins à oublier ces journées interminables passées dans l'attente, souvent déçue, d'un nouvel interrogatoire qui mettrait enfin un terme à une oisiveté qui devenait insupportable. Il nous a pourtant fallu patienter trois mois avant d'être de nouveau appelés au sous-sol, trois mois au cours desquels les services de renseignements testaient notre capacité de résistance – nous avions fini par le comprendre –, et donc à nous efforcer de ne pas manifester notre mauvaise humeur.

Le lieutenant inspecteur s'est montré très préoccupé par notre passage en Espagne, car je pense qu'il redoutait que nous ayons été arrêtés, emprisonnés et retournés par les franquistes pour venir espionner en Angleterre. J'ai dû fournir le plus de détails possible, notamment en ce qui concernait Miguel et ses deux camarades contrebandiers, mais je ne savais pas grand-chose d'eux parce qu'ils parlaient peu. Le lieutenant paraissait moins s'interroger sur nos contacts à Porto et à Lisbonne, et j'ai deviné qu'il existait bien là-bas un véritable réseau monté en très peu de temps par les Anglais.

— S'ils veulent tout vérifier, m'a dit Charles, ils en ont au moins pour un an.

Et il a ajouté, devenu soudain plus raisonnable :

— Il me semble que je commence à les comprendre.

Au mois de mai, nous avons été conduits dans un ancien hôtel situé à côté de Trafalgar Square, lequel avait été réquisitionné par le ministère de la Défense. Là, nous avons été interrogés par un civil énorme et roux, qui arborait de grandes moustaches et parlait un français parfait, et j'ai compris que nous étions en train de passer un examen en vue d'une mystérieuse affectation. Nous y sommes revenus chaque matin pendant trois jours, Charles et moi, non sans deviner que nous étions testés, et qu'il fallait nous montrer déterminés dans notre désir de combattre. Le troisième soir, l'homme roux nous a fait entrer ensemble dans son bureau, il nous a expliqué qu'il était médecin psychiatre et il nous a demandé si nous étions prêts à mener des actions de guérilla en France. Et il a ajouté, en souriant :

— Des missions très dangereuses au cœur du territoire français.

— Sans aucun doute ! a répondu Charles. Nous attendons ça depuis des mois.

— Et vous ? m'a demandé l'Anglais.

— Moi aussi. Sans aucun doute.

Alors le médecin nous a expliqué en quelques mots que la création du SOE – le Special Operations Executive – avait été décidée par Churchill au lendemain du désastre de Dunkerque : comme il savait ne pas pouvoir, seul, faire face à Hitler, il projetait de recruter des jeunes hommes de l'Europe occupée pour les former en Angleterre et les renvoyer dans leurs pays afin de mener des opérations de guérilla derrière les lignes ennemies. Si nous avions attendu si longtemps, c'était certes pour que les services de renseignements puissent effectuer leurs vérifications, mais aussi pour laisser le temps au SOE d'organiser le recrutement et la formation de ses futurs agents.

— Vous avez quarante-huit heures pour réfléchir, a conclu le médecin au terme de notre entretien.

— C'est tout réfléchi ! a répondu Charles.

— Quarante-huit heures ! N'oubliez pas que votre formation sera spartiate et que vos missions seront très périlleuses.

— Nous le savons. Nous avons compris.

Rien ne pouvait nous faire renoncer après avoir tant attendu, tant espéré. Aussitôt de retour au collège, Charles s'est réjoui en me disant :

— Te rends-tu compte, Antoine ? Nous allons pouvoir nous battre en France ! Chez nous ! Peut-être même en Dordogne ! Qui sait ?

J'ai compris ce soir-là qu'il ne céderait jamais aux difficultés qui nous attendaient parce que c'était pour lui le moyen le plus rapide, et le plus sûr, de se rapprocher de Séverine. Huit jours plus tard, nous avons été conduits, de nuit, dans un manoir à l'ouest de Londres, près de la ville de Greenford, où nous avons été affectés à la section F du SOE – celle des Français –, et c'est à partir de ce soir-là qu'a commencé, pour Charles comme pour moi, le chemin du retour.

13

Il a été long, éprouvant à un point que nous n'avions jamais imaginé, ce chemin. J'ai failli renoncer à plusieurs reprises, quand je me traînais dans la boue, sans force, incapable d'avancer, mais Charles accourait toujours à mon secours, m'aidait à me relever, m'exhortait à lutter.

Le manoir se situait au centre d'un très vieux domaine qui avait dû être celui d'une abbaye, et il était entouré de prairies, de bosquets épais, de collines d'un vert profond et, à l'ouest, d'une forêt. On y accédait par une route étroite qui se terminait dans le parc, et il était donc à l'abri d'éventuels curieux, si bien que nous vivions là dans l'isolement le plus complet. Nous étions vingt, de nationalité française, tous volontaires pour retourner combattre dans notre pays, mais aucun de nous n'avait mesuré la rudesse de la formation qui nous attendait.

Nous étions réveillés bien avant le lever du jour par le lieutenant Peter Donnely, un ancien de l'Intelligence Service, qui, en raison de son âge – la soixantaine – avait quitté le service actif pour se charger de notre instruction. Il était grand et sec, d'une dureté d'acier, et il nous malmenait dès la séance de combat qui ouvrait nos journées, avant un long footing dans la forêt qui nous voyait revenir, déjà fatigués, avec le jour qui pointait au-dessus des collines. Heureusement, aussitôt après, un généreux breakfast nous redonnait quelques forces, puis nous repartions pour des courses, des sauts, des escalades et des combats rapprochés, entrecoupés de séances d'apprentissage de communication radio et de morse.

Je me trouvais souvent face à Charles dans ces combats que Donnely exigeait de plus en plus violents, et j'avais du mal à lutter contre lui.

— Bats-toi ! me disait-il. Ou alors ils ne te garderont pas ! Pense à tes parents ! Pense à Firmin et à Jeanne !

Et, comme je retenais encore mes coups :

— Tu ne veux pas rester prisonnier en Angleterre ? Alors bats-toi !

Au fil de nos conversations avec les autres aspirants, en effet, nous avions acquis la conviction qu'en cas d'échec, le SOE ne prendrait pas le risque de nous relâcher dans la nature. Tout ce qui se passait dans ce manoir devait demeurer secret, sans quoi l'action future en France des combattants serait menacée. Et déjà, au bout de huit jours, un aspirant avait été renvoyé pour manque de qualités physiques. Il s'appelait Dousseau, il était vendéen, et sans doute un peu trop enrobé pour résister aux violents exercices répétés à longueur de journée. Nous ne savions pas ce qu'il était devenu : il avait disparu un matin et nous ne l'avions jamais revu.

Parmi les autres, il y avait des Basques, des Bretons, un Auvergnat, un Bordelais appelé Pierre Larribe, avec qui nous avons tout de suite noué des relations privilégiées, car il était étudiant en lettres et nous pouvions évoquer avec lui la douceur de la vie sur les rives de la Garonne ou sur la place Pey-Berland. Avec les autres aussi, la cohésion était totale, car le même but nous animait : celui de réussir dans la sélection afin de regagner la France pour nous battre. De fait, nous nous aidions dans les épreuves, poussant celui qui ne pouvait plus avancer ou soutenant celui qui avait glissé dans la boue d'une prairie dévastée par la pluie.

Je me demandais chaque soir si j'aurais la force de me lever le lendemain, de m'habiller dans le dortoir glacé, et de repartir vers les épreuves de plus en plus difficiles que Donnely nous préparait.

— Pense qu'elle nous attend ! me disait Charles. Souviens-toi de la digue sur la Vézère, de la douceur de son eau, des foins de Firmin et de Jeanne ! Bats-toi, Antoine, bats-toi !

Ramper dans la boue et au milieu des ronces, se jeter dans l'eau froide des ruisseaux, monter à des cordes sans l'aide des jambes, sauter par-dessus des murs, franchir des barbelés, apprendre à désarmer un homme à mains nues, faire front à deux adversaires à la fois nous laissaient le soir couverts d'ecchymoses, la chair mâchée, les membres douloureux, si bien que la douche tiède d'avant le repas parvenait à peine à nous délasser.

Impénétrable et muet, Donnely notait nos performances, relevait nos faiblesses, et devenait plus humain seulement à l'occasion des cours théoriques de lecture de cartes d'état-major ou d'utilisation d'un radio-émetteur. Mais dès le lendemain il redevenait inflexible au cours des séances de boxe et des leçons de tir au pistolet, avec ces Colts 38 que j'ai eu bien du mal à maîtriser lors des premiers jours.

Heureusement, mon corps se musclait peu à peu, et devenait plus résistant. Je souffrais moins, à présent, aux côtés de Charles, qui, lui, triomphait des épreuves les plus rudes, toujours en tête, toujours vainqueur des combats. Près de lui, je me souvenais de nos batailles dans la cour du collège, et je luttais avec la même admiration, le même besoin de lui ressembler, de lui montrer à quel point il pouvait avoir confiance en moi.

Ces certitudes, cependant, ont été ébranlées à plusieurs reprises quand nous avons quitté le manoir pour rejoindre l'Écosse par le train, afin de subir un entraînement encore plus poussé – si toutefois il pouvait l'être. À notre arrivée, deux camionnettes nous attendaient pour nous conduire à travers une lande battue par le vent de l'océan jusqu'à une immense bâtisse grise située au milieu de sapins sombres comme la nuit. En ces lieux isolés qui faisaient face à la fureur de la mer nous nous sommes installés dans l'un des dortoirs où ne brûlait qu'un petit poêle, et dès la première nuit nous avons dû accomplir une marche dans le froid et la pluie qui, nous avait dit Donnely, serait éliminatoire pour ceux qui échoueraient à retrouver leur route.

C'est cette nuit-là que, pour la première fois, je me suis battu avec Charles – réellement battu –, car je n'en pouvais plus et il me traînait pour m'empêcher d'abandonner. Épuisés, couverts de boue, nous

sommes rentrés juste avant les délais, et quand je me suis excusé, il m'a dit, me prenant par les épaules :
— Qu'est-ce qu'elle deviendrait si nous ne revenions pas ? Aide-moi, Antoine, j'ai besoin de toi.

Les jours suivants ont été aussi difficiles à supporter, car nous avons vraiment découvert les méthodes de guerre du SOE : formation de réseaux, sabotages, attentats, maniement des fusils-mitrailleurs et de la petite mitraillette Sten, qui était légère mais s'enrayait facilement. Un officier anglais nous a enseigné également le tir instinctif au pistolet, sans viser, toujours deux coups pour être sûr d'avoir fait mouche. Puis nous avons enfin été lâchés dans la forêt pendant plusieurs jours pour connaître les méthodes de survie en milieu hostile, et, pour finir, nous avons appris à conduire des bateaux et à mener des opérations nocturnes, tout cela en utilisant le matériel de guerre du SOE avec lequel nous avions été familiarisés.

Comment ai-je tenu le choc, alors que frissonnant de froid, les pieds glacés, les membres tuméfiés, je m'endormais le soir d'un bloc avec l'impression que je ne me réveillerais jamais ? Grâce à la présence de Charles, bien sûr, mais aussi de celle de nos compagnons qui s'aidaient comme au sein d'un commando en pays ennemi. Depuis notre arrivée en Écosse, pas un des nôtres n'avait été éliminé. Notre séjour s'est enfin achevé par l'enseignement de l'utilisation du plastic, un explosif heureusement d'une grande stabilité, que venait de mettre au point le SOE.

14

Combien de temps avait passé depuis notre arrivée ? Nous n'en avions aucune idée, car les instructeurs avaient pour consigne de nous isoler du monde réel, afin que nous nous acclimations à la solitude et à la survie. L'hiver s'était achevé en bourrasques de grêle, et un printemps pluvieux mais tiède lui avait succédé. Nous n'avions pas oublié Séverine, mais nous en parlions un peu moins, toutes nos forces étant mobilisées pour triompher des épreuves qui nous étaient infligées.

— Elle est là, contre moi, me disait pourtant Charles, et elle me tient chaud au cœur et au corps.

Un automne aussi pluvieux que le printemps avait suivi un été au cours duquel le soleil ne s'était pas assez montré, à mon goût, pour réveiller et entretenir en moi le précieux souvenir des foins et des moissons chez Jeanne et Firmin. Nous étions loin, nous étions seuls avec notre courage et notre espoir d'atteindre bientôt le but que nous poursuivions depuis trop longtemps.

Au terme de ces longs mois, l'hiver était revenu quand on nous a ramenés près de Londres dont les rues et les toits avaient subi d'énormes dégâts à cause des bombardements de la Luftwaffe. Nous avons traversé avec stupeur la capitale mutilée par les bombes, puis nous avons rejoint une base aérienne près de Manchester, où se trouvait le principal centre d'entraînement au parachutage de la Royal Air Force. C'est là que j'ai connu la plus grande peur de ma vie, quand j'ai constaté que les sacs de pommes de terre largués par un Westland Lysander s'écrasaient parfois au sol si le système d'ouverture automatique ne fonctionnait pas ; et cela arrivait assez souvent pour nous convaincre que ce risque nous concernait également.

Quand nous avons sauté pour la première fois, Charles se trouvait devant moi au moment où la trappe s'est ouverte. Je me suis efforcé de ne pas regarder vers le bas et je l'ai suivi comme je le suivais depuis toujours, avec la même confiance et la même détermination. J'ai senti mon cœur cogner follement dans ma poitrine, puis le vent s'est emparé de moi, et nous avons survécu à cette chute qui m'a paru durer des siècles alors qu'elle n'a duré que quelques secondes.

Comme tous les appareils n'étaient pas équipés du système d'ouverture automatique, et que le SOE ne savait pas quel serait l'appareil, à l'avenir, qui nous larguerait, nous avons aussi appris à ouvrir nous-mêmes le parachute et j'avoue que j'en ai été un peu mieux assuré. Enfin nous avons sauté de plus en plus bas, pour que les Westland Lysander, volant en rase-mottes, ne puissent être repérés par les radars ennemis.

Une fois l'apprentissage du saut terminé, au printemps de l'année 1942, nous avons quitté la base aérienne pour nous rendre dans un village du Yorkshire, au nord de l'Angleterre, dans un manoir où se trouvait le quatrième et dernier centre de formation du SOE. Il s'agissait d'apprendre la vie clandestine, la sécurité d'un réseau, la communication sur le terrain, les manières de casser une surveillance, de fabriquer une couverture, ou d'utiliser un S-Phone : un émetteur-récepteur à ondes courtes qui permettait de communiquer avec un avion ou avec un bateau. Nous avons également appris à réceptionner les avions au sol en trouvant les terrains adéquats et en délimitant la zone avec des signaux lumineux. Bref ! Tout ce qui nous serait nécessaire pour accomplir les missions périlleuses qui allaient nous être confiées.

Enfin, au terme de ce dernier stage de formation, nous avons reçu la visite du colonel Buckmaster, le directeur du SOE, qui nous a assurés de sa totale confiance et nous a souhaité « bonne chance » en nous remettant un petit étui à cigarettes destiné à nous faire penser à lui dans les moments les plus délicats que nous aurions à traverser. C'était un homme de stature imposante, aux cheveux gris ondulant vers l'arrière, aux yeux clairs, et d'un flegme tout britannique. Il nous a quittés en nous serrant la main d'une poigne franche et rude, et nous avons gagné notre dortoir pour préparer nos bagages sans connaître, comme d'habitude, notre nouvelle destination.

Nous n'avions pas vu le temps passer. Seules les saisons qui s'étaient succédé nous avaient donné une idée des mois qui défilaient, mais nous vivions tellement isolés et coupés du monde que nous demeurions incapables de dire quel jour, précisément, nous étions. Si bien que lorsque nous avons été prévenus de notre première mission en France, les Allemands avaient envahi la zone libre depuis une semaine. C'est-à-dire que nous étions presque à la fin du mois de novembre 1942. Notre seul souci, à ce moment-là, était de savoir si nous allions faire partie du même commando ou pas, et Charles en avait fait la demande expresse auprès du capitaine Hamilton, qui avait été notre instructeur dans le Yorkshire et serait notre supérieur à l'avenir. Malgré l'insistance de Charles, elle nous a été refusée : le capitaine tenait à ce que les conditions de notre première mission soient les plus hostiles possibles pour s'assurer de notre fiabilité.

Je suis parti le premier, le 22 novembre, et je me souviens que notre séparation a été difficile, car nous ne nous étions pas quittés depuis des années. C'est pourquoi, sans doute, je n'ai pas oublié les paroles prononcées par Charles en me serrant dans ses bras :

— De toute façon, Antoine, on se retrouvera forcément là-bas.

Et il a ajouté, en me tenant par les épaules, son regard ardent planté dans le mien :

— Si tu la vois avant moi, dis-lui bien que tout ce que j'ai fait l'a été dans le seul but de revenir vers elle.

J'ai promis, et je l'ai quitté en ayant la conviction qu'il trouverait la solution, afin que nous ne soyons pas séparés trop longtemps.

15

Je rêvais de revoir le sol de la France, mais je l'ai à peine aperçu, cette nuit de pleine lune, quand j'ai sauté depuis le Westland Lysander, au moment où la trappe s'est ouverte. Je l'ai senti sous mes pieds, quelques secondes plus tard, et il m'a paru accueillant du fait que la terre avait été ameublie par les longues pluies de l'automne. Réceptionné par les hommes du réseau en voie de formation ceux qui avaient balisé la zone d'atterrissage en L comme le prévoyaient les instructions –, je me suis mis aussitôt en devoir de creuser un trou pour y enfouir mon parachute, mon casque et mes lunettes, avec la pelle attachée à ma jambe gauche.

Puis nous avons rejoint mon compagnon de route, qui avait atterri cent mètres plus loin. Il s'appelait Sainteny. Pierre Sainteny. Il avait fait Centrale et s'était spécialisé, durant notre formation, dans les transmissions, notamment dans l'utilisation des émetteurs-récepteurs. C'était un jeune homme mince et grand, qui se voulait toujours élégant, même dans les circonstances les plus hostiles, et en qui j'avais toute confiance, mais ce n'était pas Charles, et déjà, Charles me manquait.

Je me demandais si c'était la peine d'avoir fait

toute cette route pour être en fin de compte séparés. Au reste, pour cette première mission, ce n'était pas en Dordogne que nous avions atterri, mais dans la périphérie de Pau, au pied des Pyrénées où je devais sécuriser la filière des volontaires pour l'Angleterre, en direction de l'Espagne et du Portugal. Auparavant, nous devions aussi former les résistants au maniement des Sten et au fonctionnement d'un poste émetteur-récepteur.

Les résistants étaient quatre et se montraient très nerveux. Ils étaient armés de fusils et d'un vieux revolver, n'ayant pas eu le temps, évidemment, d'ouvrir le petit container qui avait été largué en même temps que nous. Deux hommes venaient de le charger dans une camionnette qui s'éloignait, déjà, au bout du champ balisé, tandis que nous courions vers la traction qui nous attendait à l'autre extrémité.

Nous sommes partis sur un chemin de terre sans prononcer un mot, et il nous a fallu dix minutes avant de trouver une petite départementale sur laquelle nous avons roulé pendant près d'une demi-heure. Nous étions quatre dans la voiture : deux des résistants assis à l'avant, Sainteny et moi à l'arrière. La tension était un peu retombée, mais je devinais que les hommes qui nous conduisaient n'étaient pas très rassurés – je devais apprendre un peu plus tard que c'était leur première opération de réception. Ils s'appelaient Armand et Louis, n'étaient pas bavards, mais c'était plutôt une qualité par les temps que nous vivions.

La traction a quitté la petite route pour prendre un nouveau chemin de terre entre des champs de maïs qui venaient d'être récoltés, puis elle s'est arrêtée devant une ferme isolée, au pied d'une colline boisée. C'était la propriété du nommé Armand, un homme trapu, à la carrure impressionnante, et aux yeux très bleus. Il nous a présenté sa femme Marcelle – brune, frisée, à la main franche et au sourire lumineux – qui serait chargée d'apprendre le fonctionnement du poste émetteur destiné à être installé dans le grenier. Puis il nous a invités à nous attabler pour un petit déjeuner très copieux qui nous a redonné des forces.

Je me suis aperçu très vite que, contrairement à ce que j'avais d'abord pensé, ces hommes étaient sûrs d'eux et déterminés, et qu'ils avaient déjà organisé la filière de façon satisfaisante. Je n'ai eu qu'à vérifier qu'elle menait bien à la frontière espagnole, et jamais, au cours de ce bref séjour, je ne me suis senti en danger. Au contraire, la chaleur humaine de ces hommes de la Bigorre, leur force tranquille et leur habileté à prendre en main les Sten qui leur avaient été livrées m'ont donné une fausse idée de la dangerosité de notre mission.

Nous sommes restés dix jours avant de reprendre l'avion sur le même terrain d'atterrissage qu'à notre arrivée, et pas une seule fois je n'ai eu à songer à cette fameuse pilule au cyanure de potassium cachée dans un bouton creux de ma chemise, qui, si nous étions pris par la Gestapo, devait nous permettre de nous suicider au lieu d'endurer des souffrances insupportables et de livrer des informations capitales.

Charles, retrouvé à Londres quinze jours plus tard, avait eu moins de chance que moi. Il avait failli être interpellé à Lyon, place Bellecour, où il allait à la rencontre d'un contact dont le réseau avait été infiltré par la milice locale. Il n'avait dû son salut qu'à ce qu'il avait appris en Angleterre en matière de dissimulation en milieu hostile. Mais quand nous avons évoqué cette fameuse pilule, ce jour-là, il m'a assuré qu'il s'était senti assez fort pour résister aux pires des châtiments.

— Sais-tu pourquoi, Antoine ? m'a-t-il demandé.
— Dis-le-moi, s'il te plaît.
— Parce que j'ai réussi à obtenir la promesse d'être parachuté en Dordogne avec toi, lors de notre prochaine mission.
— Comment as-tu fait ?
— J'ai convaincu Hamilton que j'étais capable de monter en un mois un réseau qui, pour l'instant, n'existe pas, grâce à ma connaissance du terrain et des habitants. Je lui ai expliqué également que ta présence était indispensable à mes côtés pour les mêmes raisons.

Et, comme j'avais du mal à me persuader d'un si rapide succès, il a ajouté :

— Nous partirons avant la fin janvier, et nous serons largués près de Chalais, en Charente, où existe déjà un réseau capable de nous réceptionner. Ensuite, nous traverserons par nos propres moyens la forêt de la Double et nous atteindrons la Dordogne.

Je ne lui ai pas demandé, ce jour-là, s'il envisageait d'intégrer Séverine dans un projet aussi périlleux, car il a aussitôt évoqué le fait qu'il avait organisé avec nos anciens compagnons de Manchester un réveillon pour la Noël qui approchait.

— Le dernier que nous passerons en Angleterre, Antoine, crois-moi !

Je ne sais s'il en était persuadé ou s'il désirait seulement me faire plaisir, en ce jour de retrouvailles, mais le projet de réveillon, lui, était bien réel, et nous avons rejoint le 24 au soir l'appartement loué par le SOE, tout près de Trafalgar Square.

Nous y avons retrouvé la presque totalité de notre groupe, et nous y avons partagé les victuailles apportées par les uns et les autres aux cris de « Joyeux Noël ! Joyeux Noël ! », oubliant pour quelques heures les dangers courus en France les jours précédents. Une volaille, des pommes de terre, du cheddar, un gâteau à la crème arrosés de vin et de whisky nous y ont aidés pendant ce réveillon joyeux, mais les récits vécus en France nous ont vite renvoyés vers nos différentes missions qui n'avaient pas toutes été des succès. Bien au contraire : la Résistance, chez nous, n'était qu'au début de son organisation, et les réseaux peu sûrs. Outre Charles, quatre autres compagnons avaient failli être arrêtés, si bien que le SOE prenait le temps de la réflexion avant d'arrêter d'autres opérations.

Nous nous sommes séparés à l'aube, ce 25 décembre 1942, et nous avons regagné, Charles et moi, le petit appartement que nous partagions dans la banlieue de Londres avec Sainteny, à Chelsea, au troisième étage d'un immeuble de briques rouges où il m'a dit, avant de se jeter sur son lit et de s'endormir aussitôt :

— Dans moins d'un mois, nous serons près d'elle.

16

Quand le Westland Lysander a ouvert sa trappe, ce 24 janvier, et que j'ai aperçu sous mes pieds quelques lumières si proches de chez nous, j'ai senti, comme lors de chaque parachutage, les battements de mon cœur s'accélérer. Charles, devant moi, a basculé dans le vide, et je l'ai suivi aussitôt comme je le faisais depuis toujours, confiant et déterminé à mener à bien cette nouvelle mission dont il était l'instigateur.

Jambes à moitié repliées, le corps bien ramassé, j'ai touché cette terre qui m'est chère en pensant à mes parents, à Firmin et à Jeanne, et je n'ai ressenti aucune douleur, contrairement à celle qui avait endolori mes premiers sauts à Manchester. La zone était parfaitement balisée par les résistants de Chalais, qui nous ont aidés à enterrer le plus vite possible les parachutes, puis à nous éloigner de la piste vers une voiture où nous attendait un homme coiffé d'un béret, assis au volant.

Celui qui semblait diriger les opérations – un colosse vêtu d'une canadienne qui le rendait encore plus imposant – s'est installé à côté du conducteur, l'autre près de Charles et moi, à l'arrière. Il s'est tourné vers nous et nous a expliqué rapidement où ils nous emmenaient :

— La forêt n'est qu'à quelques kilomètres. Vous y serez en sécurité dans une cabane de bûcheron. La nuit prochaine, un des nôtres vous conduira vers la Dordogne, et il vous laissera à Échourgnac. Ensuite, je vous ai trouvé un contact qui vous véhiculera jusqu'à la banlieue de Périgueux dans sa camionnette c'est un marchand de bestiaux. Vous lui donnerez le code : « Espérance ».

Charles l'a remercié, puis nous avons roulé en silence jusqu'à un chemin forestier et nous avons pénétré dans cette forêt de chênes et de pins maritimes que nous avions souvent aperçue en venant de Bordeaux par le train, sans nous douter que nous y trouverions refuge un jour. Les Charentais nous ont laissés dans une cabane où un bûcheron noir et silencieux comme un sanglier nous a donné à manger avant de s'en aller à son travail en disant :

— Vous ne risquez rien ici. Vous pouvez dormir tranquilles.

Ce que nous avons fait, Charles et moi, sur un châlit qui supportait difficilement nos deux corps, dans la bonne odeur des fougères qui constituaient le matelas. Et nous ne nous sommes réveillés qu'en milieu d'après-midi, mourant de faim, frigorifiés, car le petit poêle n'avait pas été alimenté. Heureusement, notre hôte est revenu bien avant la nuit et il a fait réchauffer une délicieuse soupe sur le foyer préalablement rallumé. Ensuite, du pain de seigle et du saucisson ont achevé de nous réconforter avant la nuit qui, en cette saison, ne tardait pas à tomber.

Notre passeur est apparu peu après, et tout s'est déroulé sans la moindre anicroche jusqu'aux faubourgs de Périgueux, que nous avons contournés par l'ouest, à pied, dans les collines.

— Te rends-tu compte ? m'a dit Charles, cet après-midi-là. Séverine est à moins de dix kilomètres de nous.

Et, comme je ne répondais pas en me demandant s'il comptait vraiment l'associer à notre mission, il a ajouté :

— Nous y serons à la nuit.

De fait, quand nous sommes arrivés à Milhac à sept heures du soir, il n'y avait personne dans les rues car il faisait très froid, et nous nous sommes aussitôt approchés de l'école où brillait une lumière à la fenêtre du logement, à l'étage. Charles a monté les marches quatre à quatre et il a frappé trois coups à la porte, comme ils en étaient convenus avec Séverine avant son départ. Seul un profond silence a répondu à son appel. Il a recommencé en appuyant ses coups, et nous avons entendu des pas se déplacer à l'intérieur.

— Qui est-ce ? a demandé une voix que je n'ai pas reconnue.

— C'est moi : Charles. Je suis avec Antoine.

De nouveau un silence, puis :

— Qui demandez-vous ?

— Séverine... Séverine Vidalie.

— Elle n'est plus ici. Elle a été nommée à Condat-sur-Vézère à la rentrée dernière.

Charles a réfléchi quelques instants, et il a demandé :

— Pouvons-nous entrer quelques instants pour nous réchauffer ?

La femme a hésité – il s'agissait bien d'une voix de

femme, sans doute la nouvelle institutrice –, puis elle a répondu d'une voix apeurée :

— Non. Je ne préfère pas. C'est une école, ici, et je n'ai pas le droit de faire entrer des inconnus.

C'est vrai que nous étions des inconnus pour elle, et nous n'avons pas insisté. Nous sommes sortis du village et nous sommes allés nous réfugier dans la petite gare déserte pour nous abriter du vent glacial de janvier, non sans éprouver une sensation de menace, inhabituelle en ces lieux que nous avions crus protégés à jamais de la guerre et de ses insondables peurs.

Le train de nuit était presque vide, et nul ne nous a paru s'intéresser à nous, pas même le chef de gare, un vieil homme sans doute réquisitionné en l'absence de nombreux prisonniers. À une heure du matin, nous sommes descendus au Lardin et, de là, comme je l'avais déjà fait une fois lors de mon retour après la débâcle, nous sommes partis à pied vers Aubas où nous sommes arrivés vers deux heures. Nous ne pouvions pas frapper à la porte de Séverine en pleine nuit, ne sachant pas si elle était la seule institutrice à Condat, et il nous avait paru préférable de marcher jusque chez Firmin et Jeanne dont la ferme se trouvait seulement à sept kilomètres.

Que d'émotion lors de ces retrouvailles avec ces deux êtres merveilleux qui s'inquiétaient beaucoup pour nous depuis deux longues années sans nouvelles ! Ils avaient vieilli l'un et l'autre, mais le même sourire éclairait toujours leur visage tanné par les travaux des champs. Ils comprirent qu'il ne fallait pas nous poser trop de questions, et nous tenions d'ailleurs à leur en dire le moins possible, pour ne pas les mettre en danger. Nous avons donc peu parlé cette nuit-là, d'autant que nous étions épuisés : nous avons retrouvé avec un immense bonheur nos lits et nos oreillers de plumes dans cette petite chambre où il y avait à la fois, nous semblait-il, très peu de temps et des millions d'années, nous nous écroulions, le soir venu, ivres de cette jeunesse qui nous paraissait devoir durer toujours.

Qu'elles furent douces ces quelques heures passées là, après tant d'efforts, de peine, de dangers courus mais heureusement surmontés ! Nous n'étions plus les jeunes hommes insouciants qui pédalaient vers la rivière, mais nous n'avions rien oublié de ces trésors accumulés, et nous avons eu beaucoup de difficulté, le lendemain, à reprendre pied dans la réalité de la vie telle qu'elle s'imposait à nous désormais.

À midi, pendant le repas, Firmin a beaucoup insisté pour partager notre combat contre l'occupant, mais Charles a refusé.

— Je ne serais plus bon à rien, alors ? s'est indigné Firmin.

— Il ne faut pas vous exposer, a répondu Charles, car votre ferme est isolée, et ce sera, si vous le voulez bien, notre refuge en cas de danger. Et puis vous seuls pouvez assurer la liaison avec nos parents à Sarlat, sans que cela attire l'attention.

Et Charles a ajouté, se souvenant sans doute que lors de notre formation il nous avait été déconseillé de travailler avec des membres de notre famille, pour ne pas avoir à céder à l'émotion dans les circonstances les plus graves :

— Nous n'irons pas les voir. Vous leur expliquerez pourquoi.

Je me suis demandé s'il envisageait de ménager aussi Séverine, et je lui ai posé la question quand nous sommes partis, sur nos bicyclettes, vers Condat, juste avant la tombée de la nuit – une nuit de pleine lune, glaciale, portant toutes les rafales d'un vent coupant comme une lame.

— Je vais essayer, m'a-t-il répondu, mais je ne suis pas sûr qu'elle n'ait pas déjà pris le même chemin que nous. Tu sais pourquoi, Antoine ?

Je ne le savais que trop : elle avait assuré à Charles que c'était pour elle le seul moyen de se sentir plus proche de lui.

— Si j'ai tenu à revenir si vite ici, a poursuivi Charles, c'est justement pour l'entourer, la garder des folies, bâtir autour d'elle un réseau capable, précisément, de la protéger.

Une lumière brillait à l'étage de l'école de Condat, quand nous sommes arrivés vers huit heures sur la place déserte. Le portail de la cour n'était pas fermé à clef et nous avons pu dissimuler nos bicyclettes sous le préau, avant de distinguer une silhouette qui sortait et se dirigeait vers le puits. Nous l'avons aussitôt reconnue tous les deux, mais Charles n'a rien dit. Elle s'est approchée du puits et j'ai eu l'impression qu'il hésitait en sachant qu'il franchissait peut-être un seuil au-delà duquel leur destin se jouait. Ce n'est que lorsqu'elle est revenue vers le bâtiment, après avoir rempli son seau, qu'il a murmuré, mais si bas que je l'ai à peine entendu, comme s'il souhaitait soudain la laisser s'éloigner sans manifester sa présence :

— Séverine !

Elle l'a entendu pourtant, et elle s'est immobilisée, lâchant le seau dont le contenu s'est répandu à ses pieds, puis elle a demandé, d'une voix qui tremblait :

— Charles ? C'est toi ?

— C'est moi. Je suis avec Antoine.

Elle s'est précipitée vers lui, ils sont restés un moment enlacés, puis elle s'est tournée vers moi et elle m'a embrassé en disant :

— Je n'y croyais plus. Ça fait si longtemps.

Et elle a répété :

— Si longtemps… Si longtemps…

Elle a repris en frissonnant, tellement il faisait froid :

— Venez vite ! Rentrez !

Comme il faisait bon dans l'appartement chauffé par un poêle identique à ceux des salles de classe ! Malgré mon désir de les laisser seuls, je n'osais pas bouger tandis que Charles racontait ce que nous avions vécu loin d'elle, et qu'elle buvait ses paroles, prenant de temps en temps sa main, si émue de ces retrouvailles que je me demandais si elle l'écoutait vraiment.

Elle le dévorait des yeux, souriait, et je retrouvais celle qui nous attendait à l'ombre, près de la Digue blanche : ses boucles brunes, ses yeux de velours noir et l'expression toujours attentive de son visage me renvoyaient vers ces jours de lumière où nous avions été si heureux. Mais je sentais qu'il fallait que je les laisse seuls, et j'ai prétexté une grande fatigue pour lui demander si je pouvais passer la nuit ici.

— Il y a deux chambres, m'a-t-elle répondu. Je vais te conduire si tu veux bien.

Je les ai donc abandonnés avec soulagement : tout, en eux, me démontrait qu'ils se contraignaient en ma présence mais qu'ils avaient une telle faim l'un de l'autre que c'était une souffrance de ne pouvoir l'apaiser. Elle m'a donné une couverture, m'a embrassé puis m'a quitté pour rejoindre Charles. Mais je ne me suis pas endormi rapidement, ce soir-là : j'avais peur pour eux, car je ne doutais pas que Séverine le suivrait jusqu'au bout, au-delà de tous les dangers, de toutes les angoisses, de tout ce qui nous menaçait, déjà, dans cette nuit où j'ai guetté les bruits, les pas, jusqu'à ce que je m'endorme enfin à l'aube, épuisé.

17

C'est elle qui m'a réveillé à huit heures, en me disant que Charles m'attendait dans la cuisine. Elle était souriante, épanouie, d'une grande sérénité malgré le fait qu'elle hébergeait deux hommes dans son logement, et que ces deux hommes-là étaient des clandestins dont la seule présence la mettait en danger.

— Elle va faire la classe, comme d'habitude, m'a dit Charles. Il ne faut rien laisser paraître. Nous la reverrons à midi et ce soir à cinq heures pour discuter de ce qu'il convient de faire. Nous repartirons la nuit prochaine, à quatre heures du matin.

Il a passé toute la matinée à échafauder des plans adaptés à ce que lui avait appris Séverine avant de descendre : elle avait une amie institutrice qu'elle avait connue à l'École normale et qui était en poste à Salignac. Elle s'appelait Michèle, était mariée avec un agriculteur, et tous deux brûlaient de s'engager dans le combat contre l'Allemagne et le régime de Vichy. Ils avaient déjà noué des contacts avec une demi-douzaine d'hommes et de femmes qui partageaient leurs idées. Ils espéraient depuis longtemps un contact avec Londres ou avec des responsables de la Résistance capables de leur fournir tout ce dont ils avaient besoin : de fausses pièces d'identité, des cartes d'alimentation et des armes.

Nous avons déjeuné à midi d'une omelette et d'une délicieuse tranche de jambon cru, tous deux face à Séverine qui ne paraissait pas du tout mesurer les dangers qu'elle allait devoir affronter. Charles est revenu sans cesse sur la nécessité d'être prudent, organisé, méticuleux, en lui donnant ces conseils que l'on nous avait prodigués à Londres. Rien, chez elle, ne trahissait la moindre crainte, au contraire : elle se passionnait davantage au fur et à mesure que Charles parlait.

Séverine est redescendue à une heure et demie et nous avons regardé arriver les écoliers derrière les rideaux jusqu'à ce qu'ils disparaissent dans la salle de classe, enfants rieurs pour qui la guerre demeurait lointaine. Après quoi, comme nous manquions de sommeil, nous avons dormi un peu, puis, une fois réveillés, j'ai demandé derechef à Charles s'il ne craignait pas de mettre Séverine en danger :

— Même sans nous, elle se serait engagée tout entière dans ce combat, m'a-t-il répondu. Alors je te l'ai déjà dit, Antoine : je préfère organiser un réseau qui soit le plus sûr possible.

Et il a ajouté, en me dévisageant de son regard fiévreux et avec sa détermination habituelle :

— J'y veillerai moi-même et je reviendrai autant de fois qu'il le faudra. Tu peux me croire.

— À condition qu'Hamilton t'en laisse la possibilité, ai-je objecté, mais sans véritable conviction.

— Je saurai me rendre indispensable, a-t-il conclu.

Le soir, il a enseigné à Séverine comment casser

une filature, comment fabriquer une couverture, déjouer la surveillance de la police, dissimuler des pièces compromettantes, et il a répété inlassablement de ne jamais oublier de respecter en toutes circonstances les consignes de sécurité. Puis il a terminé en disant :

— En cas d'arrestation, il ne faut pas parler avant quarante-huit heures, le temps que tout le monde soit informé et agisse en conséquence.

Il n'a pas fait allusion à la pastille de cyanure dissimulée dans un des boutons de notre veste, mais j'ai senti qu'il hésitait. Il a seulement précisé après deux ou trois secondes :

— Nous reviendrons avec un pianiste dans quelque temps.

— Un pianiste ? s'est étonnée Séverine.

— Un spécialiste de la communication radio qui enseignera à celle ou celui que nous aurons désigné le fonctionnement d'un poste émetteur-récepteur.

Enfin, il a demandé à Séverine une photo, de manière à faire établir à Londres une fausse carte d'identité, mais elle n'en possédait pas et elle a promis d'y remédier le plus vite possible.

— En attendant, tu ne t'appelleras pas Séverine, mais Madeleine. C'est la moindre des précautions.

Séverine l'a écouté avec gravité, sans jamais l'interrompre : elle buvait les paroles de Charles, s'en imprégnait, les faisait siennes, et j'ai compris ce soir-là que rien ni personne ne la ferait renoncer à ce qu'elle avait mûrement décidé. Ensuite, quand tout a été dit, répété, assimilé, elle nous a expliqué où se trouvait la ferme de ses amis à Salignac – à gauche, sur la route de Sarlat, en sortant du village –, et je les ai laissés seuls pour aller dormir jusqu'à quatre heures.

Cette nuit-là, et pour les mêmes raisons, je n'ai pas mieux dormi que la précédente, si bien que j'étais déjà debout quand Charles a frappé à ma porte à l'heure convenue. Séverine aussi s'était levée et faisait chauffer du café, pas encore apprêtée mais toujours aussi belle dans une robe de chambre bleue sur laquelle jouaient ses cheveux bruns dénoués. Sans un mot, accablée sans doute par la séparation qui approchait, elle nous a servis avec des gestes délicats mais précis. Tout en buvant, Charles lui a donné ses dernières recommandations et lui a promis d'être de retour avant la fin mai, mais j'ai eu l'impression qu'elle n'y croyait pas vraiment. Je l'ai embrassée et je suis descendu dans la cour pour les laisser seuls un moment, mais Charles a tardé à me rejoindre, comme s'il ne pouvait se résoudre à la quitter. Elle ne l'a pas suivi, toutefois j'ai vu remuer le rideau à l'étage, et nous sommes partis sans un mot dans la nuit éclairée par un croissant de lune vers Salignac où nous sommes arrivés vers six heures, après avoir eu froid comme jamais, peut-être, je n'avais eu froid jusqu'à ce jour.

Séverine nous avait fait une description exacte de la route à suivre, si bien que nous n'avons eu aucun mal à trouver la ferme située à deux kilomètres du village, à la lisière de la forêt. Le seul prénom de Séverine nous a servi de sésame : les deux époux nous ont ouvert aussitôt leur porte, et nous ont invités à nous approcher d'un grand feu de bois de châtaignier qui craquait aussi délicieusement que dans mon souvenir le feu de Firmin et de Jeanne. Michèle était petite, brune, vive, avec les cheveux courts et quelque chose d'espiègle dans le regard. Son mari, qui se prénommait Abel, était un peu plus grand qu'elle, mais trapu, plus lent, presque chauve, avec des yeux couleur de noisette et des bras énormes. Il nous a proposé de partager son petit déjeuner de charcuterie et de café noir tandis que sa femme se préparait pour partir à l'école.

Dès les premiers échanges, nous avons su que nous pouvions faire une totale confiance à cet homme qui avait été fait prisonnier en juin 1940, mais qui s'était évadé dès le mois de septembre. Il dégageait une force et un tempérament de fer, mais il était capable de raison. Il a écouté Charles avec calme, puis il a répondu à toutes ses questions : oui, il connaissait un grand champ en bordure de la forêt qui pourrait servir de terrain d'atterrissage ; oui, il possédait une grange isolée sur le plateau où pourraient être entreposés les armes et les explosifs en provenance de Londres ; oui, il avait pour relations une douzaine d'hommes et de femmes qui, comme lui, ne rêvaient que d'en découdre avec l'occupant. Enfin, il avait un cousin qui travaillait à la préfecture de Périgueux et qui, selon lui, était capable non seulement de fournir des renseignements mais aussi des faux papiers pour pouvoir circuler librement et sans danger.

C'était beaucoup plus que nous n'espérions de ce premier contact, si bien qu'une semaine nous a suffi pour mener à terme notre mission : nous avons trouvé un terrain d'atterrissage et appris à Abel à le baliser en forme de L afin que le Westland Lysander puisse tourner rapidement en bout de piste, nous avons rencontré tous ses amis de manière à les jauger et nous assurer de leur fiabilité, et nous avons également établi un contact avec l'homme qui travaillait à la préfecture, en lui demandant de trouver des relais dans la ville où les Allemands étaient nombreux. Avant de repartir, et malgré les recommandations contraires de Londres, Abel nous a conduits à Sarlat, une nuit, où nous avons pu embrasser nos parents. Nous sommes repartis avant le jour un peu plus lourds de secrets et de chagrin, car nous n'avions pas pu répondre aux questions qu'ils nous posaient.

— Faites-nous confiance, a dit Charles à son père et à sa mère. Nous sommes armés aujourd'hui pour combattre et pour survivre à ce combat. Nous le gagnerons pour vous, soyez-en persuadés. Contentez-vous de nous aimer autant que nous vous aimons. Le reste nous sera donné de surcroît.

Et nous sommes repartis par la rivière Dordogne où des bateliers nous ont descendus jusqu'à Castillon-la-Bataille. Là, un Lysander est venu nous chercher dans la périphérie de la ville, après que l'opérateur radio dont nous possédions les coordonnées a contacté Londres. Nous étions satisfaits d'avoir sans encombre contribué à la formation d'un véritable réseau sur lequel le SOE pourrait compter à l'avenir. Seule la pensée que Séverine en faisait partie provoquait en moi une angoisse qui me mordait l'estomac. J'ai compris qu'il en était de même pour Charles, quand il m'a dit, peu après notre atterrissage sur l'aérodrome de Tempsford :

— Pas un mot à son sujet. Ils n'ont pas à savoir qui elle est et ce qui nous lie à elle.

— Ils le savent déjà. N'en doute pas.
— Eh bien, c'est suffisant !

Londres était sous la pluie froide de février d'une tristesse infinie. Les dégâts causés par le Blitz allemand rendaient la ville encore plus lugubre, d'autant que les lumières étaient éteintes dans les rues. Le taxi roulait lentement, zigzaguant entre les trous mal réparés de la chaussée.

— Je vais persuader Hamilton de nous y renvoyer avant le mois de mai, a poursuivi Charles.

Et il a ajouté :

— Aide-moi, Antoine, s'il te plaît !

J'ai promis, comme je le faisais depuis toujours et malgré, depuis quelque temps, la conviction de ne plus rien maîtriser de notre destin.

18

Hamilton a été impressionné par notre efficacité, mais il n'a pris aucun engagement sur un retour rapide en Dordogne.

— Il y a beaucoup à faire ailleurs. Pour le moment vous allez vous reposer pendant un mois à Londres. Je vous convoquerai le moment venu, quand nous aurons analysé les retours de mission.

L'impassibilité et la froideur de cet officier maigre à faire peur, aux yeux d'acier, qui paraissait ne pas vous voir quand il vous parlait, nous avaient toujours mis mal à l'aise. Il était évident qu'il en savait beaucoup plus qu'il n'en disait au sujet de ses agents et de leurs relations. L'Intelligence Service fonctionnait parfaitement à l'étranger, même dans les pays occupés par l'Allemagne. Nous ne l'aimions pas mais nous le respections, car il imposait le respect aussi bien par son physique que par sa voix métallique et cependant calme, assurée, protectrice.

Nous avons donc regagné l'appartement de Chelsea, d'où Sainteny était absent, et nous avons tenté de tuer le temps en sorties nocturnes – théâtre et cinéma –, jeux de cartes dans un pub voisin tenu par un Écossais gigantesque, aux favoris roux qui lui mangeaient la moitié du visage, et où nous retrouvions nos anciens compagnons de Greenford et de Manchester. Le matin, nous dormions, puis nous allions courir dans Hyde Park et faire des exercices, de manière à conserver la condition physique qui était indispensable à notre survie.

Nous avions de l'argent, car nous étions lieutenants de l'armée britannique et rémunérés comme tels de façon tout à fait officielle. C'était le cas pour tous les membres du SOE, y compris ceux que nous retrouvions chaque soir, mais avec qui nous ne parlions pas de nos missions, ou seulement par allusions, afin de ne pas trahir l'angoisse diffuse qui étreignait chacun de nous à l'idée de devoir repartir derrière les lignes allemandes. Non pas de la peur, mais un serrement de cœur, un souffle qui se précipitait en songeant aux dangers déjà affrontés, et à ceux, de plus en plus périlleux, sans doute, qui nous guettaient.

Charles, lui, ne s'en émouvait guère : sa seule obsession était de savoir si Séverine se trouvait suffisamment protégée, et si elle ne prenait pas trop de risques, là-bas, chez nous, où il brûlait de revenir le plus tôt possible. Cependant Hamilton en a décidé autrement peu avant la fin du mois : nous avons été convoqués en même temps à Portman Square, dans l'immeuble où se trouvait désormais le siège du SOE, et nous avons vainement espéré un retour en Dordogne durant notre trajet. En fait, Hamilton avait décidé de ne pas nous séparer, mais pour exécuter une mission à Paris. Et une mission de la plus grande importance, a-t-il précisé dès que nous avons mis les pieds dans son bureau qu'aucun papier n'encombrait. C'était comme s'il désirait garder secret tout ce qu'il savait, sans que personne, jamais, puisse en prendre connaissance d'une manière ou d'une autre.

— Vous travaillez bien ensemble, nous a-t-il déclaré. Vous allez donc continuer pour le moment. Mais je veux savoir qui de vous deux aura le courage de faire ce qui est nécessaire à Paris.

Là-bas, tout un réseau avait été éliminé par les Allemands, et il s'agissait de trouver le responsable de cette trahison. Le SOE soupçonnait un homme qui n'était pas moins que le correspondant officiel du service dans les quartiers ouest de la capitale. Hamilton le suspectait d'avoir été retourné et de travailler pour l'Abwehr, le contre-espionnage allemand. Il ne s'agissait même pas de le vérifier, mais tout simplement d'éliminer cet homme.

— Et si ce n'est pas lui ? a demandé Charles.

— Aucune importance. Nous ne pouvons plus prendre de risques.

Et, comme nous restions muets devant une décision aussi radicale :

— Il a pour nom de code « Verlaine ». Voici son adresse.

Il nous a tendu un morceau de papier qu'il a sorti de sa poche en nous disant :

— Apprenez-la par cœur et rendez-le-moi.

Dès que nous le lui avons remis, il l'a brûlé avec son briquet, puis, nous dévisageant de son regard glacial :

— Il est important pour moi de savoir qui de vous deux l'éliminera.

— Moi ! a répondu Charles sans que j'aie eu le temps de prononcer le moindre mot.

Hamilton a hoché la tête, et il a ajouté aussitôt :

— Vous partirez de Tempsford demain à vingt-deux heures. Vous atterrirez en banlieue, près de Maisons-Alfort. Là, un correspondant de l'Intelligence Service vous réceptionnera et vous conduira dans un meublé de la rue Boissonade, à Montparnasse. Ne prenez aucun risque. Suivez le suspect pendant quarante-huit heures au moins, avant d'agir. Pour le retour, l'agent de l'IS vous contactera.

Tout s'est déroulé comme Hamilton l'avait prévu jusqu'à Maisons-Alfort où nous avons eu la surprise d'être pris en charge non pas par un homme mais par une femme. Elle était grande, blonde, les yeux verts, et nous a dit de l'appeler Mary – avec un « y », a-t-elle précisé. Elle parlait avec un léger accent anglais qu'elle s'efforçait manifestement de dissimuler. J'ai pensé qu'elle avait dû grandir au Royaume-Uni avant de gagner la France pour des raisons familiales ou plus probablement professionnelles.

Elle n'a trahi aucun de ses secrets lors de notre trajet vers Montparnasse, puis, avant de nous quitter, elle a répondu à Charles, qui demandait pourquoi l'Intelligence Service ne s'était pas chargé du travail que nous avions à effectuer :

— Nous faisons du renseignement et nous tenons à notre couverture.

Elle a ajouté, nous saluant d'un sourire :

— Je vous recontacterai dans quelques jours.

Et nous nous sommes retrouvés seuls au premier étage d'un meublé qui donnait à la fois sur la rue et sur la cour de derrière. Nous avons reconnu là l'un des principes enseignés à Greenford : toujours deux sorties, afin de pouvoir fuir plus facilement en cas de danger. Il comportait deux chambres, une salle de bains et une salle de séjour avec un canapé et des fauteuils très confortables. Un minibar également, avec du scotch et de la bière, comme dans un intérieur anglais, et il y avait des victuailles sur la table.

Nous avions atterri à trois heures du matin, mais, malgré l'heure avancée de la nuit, nous n'avions pas sommeil. Nous nous sommes donc installés dans les fauteuils de cuir, et Charles m'a dit tout de suite, avec dans la voix une sorte d'amertume glacée :

— Ce n'est pas pour moisir ici que j'ai fait tout ce chemin. Si Hamilton ne nous renvoie pas en Dordogne, j'y reviendrai sans son accord, et j'y resterai.

Il a ajouté, après un soupir :

— De même qu'il n'est pas question pour moi de tuer cet homme sans avoir vérifié qu'il est coupable. Je suppose que tu es de mon avis, Antoine ?

— Bien sûr.

Lors de chaque mission, nous étions armés d'une Sten à crosse rétractable, d'un Colt 38 et d'un poignard de commando. C'est en les examinant, exposés sur la table pour être vérifiés, que Charles m'a dit :

— Nous avons appris à tuer mais je n'ai jamais sérieusement pensé au moment où cela arriverait.

Il a repris, alors que je me taisais :

— Et il ne s'agit pas d'un Allemand mais d'un Français.

— Un Français qui en a envoyé une douzaine d'autres à la mort, ai-je dit, mais sans véritable conviction.

— Nous vérifierons.

Ensuite, il m'a parlé de Séverine comme jamais il ne l'avait fait. Des confidences que j'ai gardées précieusement pour moi, tant elles étaient émouvantes et pourtant merveilleusement pudiques. Mais rien ne m'a surpris d'elle dans ce que j'entendais, et il m'a semblé que je la connaissais depuis toujours. Elles ont duré longtemps, très longtemps, ces confidences, comme s'il désirait supprimer la distance qui existait entre elle et moi, et, peut-être, me faire devenir aussi proche d'elle que lui. À la fin, il m'a dit, d'une voix dans laquelle j'ai décelé pour la première fois une faille secrète :

— S'il m'arrivait de mourir, Antoine, promets-moi une chose : c'est de la retrouver et de vivre avec elle.

— Qu'est-ce qui te fait croire qu'elle voudrait de moi ? ai-je demandé.

— Allons ! Voyons ! Tu le sais bien.

— Non ! Je ne sais pas.

Il s'est levé en disant :

— Elle, elle le sait.

Puis, aussitôt, comme pressé soudain de mettre un terme à cette conversation :

— Allons dormir, maintenant. Il est grand temps.

Ce que nous avons fait jusque vers midi, le lendemain, puis nous sommes sortis pour aller déjeuner dans une petite brasserie de la rue Campagne-Première voisine de la nôtre, que Mary nous avait recommandée comme étant sûre, du fait qu'elle possédait, comme notre appartement, une deuxième sortie sur la cour de l'arrière.

Après quoi, nous avons échangé à voix basse l'adresse du nommé Verlaine : 44, rue Notre-Dame-des-Champs, et nous nous sommes postés chacun d'un côté de la rue, afin de repérer l'homme qui devait mourir. Hamilton nous en avait donné un portrait que nous conservions entre notre chemise et notre peau, et que de toute façon nous n'aurions pas oublié. L'homme était très grand, portait le plus souvent en hiver un chapeau de feutre et un grand manteau vert, et tenait à la main droite une canne à bout ferré.

Il n'est pas apparu cet après-midi-là, et nous avons dû cesser notre surveillance pour ne pas attirer l'attention sur nous. Ce n'est que le lendemain matin, vers dix heures, que notre homme est sorti de l'immeuble et, sans la moindre hésitation, s'est dirigé vers le haut de la rue en direction du jardin du Luxembourg, sans même prendre soin de vérifier s'il était filé ou pas, ce que du moins nous avons cru. En réalité, une fois parvenu à l'angle de la rue d'Assas, il s'est arrêté devant un homme vêtu d'un manteau de cuir noir avec qui il a échangé quelques mots, avant de redescendre cette rue au lieu d'entrer dans le jardin du Luxembourg. Charles et moi avons compris aussitôt qu'il était protégé par l'Abwehr, et que notre mission allait être plus difficile que nous l'avions imaginé.

Effectivement, le suspect s'en est allé calmement vers le bas de la rue d'Assas, tandis que l'homme au manteau noir lui a emboîté le pas, se retournant de temps en temps pour voir s'ils n'étaient pas suivis. Nous avons dû faire demi-tour pour ne pas nous faire repérer, et nous avons pris en courant la rue Notre-Dame-des-Champs, qui est à peu près parallèle à la rue d'Assas, puis nous avons descendu le boulevard Raspail en espérant retrouver les deux hommes plus bas. Là, à l'angle de la rue de Sèvres, nous le savions grâce aux documents que nous avait remis Hamilton, il y avait le Lutetia, où se trouvait le siège des services de renseignements allemands. Il était plus facile de passer inaperçus à l'angle du boulevard Raspail et de la place envahie par les passants. Nous n'avons pas eu à patienter longtemps : Verlaine a attendu quelques secondes son protecteur qui l'a fait entrer aussitôt dans l'hôtel après avoir montré une carte à la sentinelle.

Nous sommes repartis à la fois rassurés et inquiets : Verlaine était bien un traître qu'il fallait éliminer, mais il avait un garde du corps. Nous devions réfléchir avant de passer à l'action. Il semblait que l'agent de l'Abwehr ne l'attendait jamais devant son immeuble, mais plus haut. Pourquoi ? Nous l'avons deviné quand nous avons eu la sensation d'être suivis en remontant le boulevard : deux miliciens s'évertuaient à passer inaperçus une cinquantaine de mètres derrière nous, et nous avons compris que nous étions tombés dans un piège. Ils devaient surveiller l'immeuble où vivait Verlaine depuis un appartement situé de l'autre côté de la rue et ils nous avaient repérés quand nous guettions sa sortie – peut-être même depuis la veille.

Nous avons tout de suite appliqué les consignes : se séparer, s'éloigner le plus possible de la rue où se trouvait notre refuge, échapper à la filature, n'y revenir qu'à coup sûr. J'ai continué tout droit une fois sur le boulevard du Montparnasse, tandis que Charles s'éloignait vers la droite, en direction du VIIe arrondissement. Je ne savais pas où j'allais, ne connaissais pas Paris, sinon d'après le plan fourni par Hamilton. J'ai marché le plus vite possible pendant dix minutes avant de m'arrêter et de me retourner brusquement : il n'y avait pas de miliciens derrière moi. J'ai renouvelé l'opération plusieurs fois et j'ai alors deviné qu'ils avaient choisi de suivre Charles : un seul suspect leur suffisait pour le faire parler et obtenir des renseignements. J'ai erré de longues heures jusqu'au parc Montsouris, et, après avoir vérifié à plusieurs reprises que j'étais bien seul, j'ai attendu la nuit pour revenir vers la rue Boissonade où je me suis réfugié dans l'appartement. Je m'y suis senti en sécurité, car je savais que jamais Charles ne prendrait le risque de revenir s'il n'avait pas déjoué la filature qui le menaçait.

Quelle nuit ai-je passée, seul, ainsi, à l'attendre vainement ! Les plus sombres images me venaient à l'esprit dans un demi-sommeil : je le voyais capturé, torturé, et je distinguais aussi Séverine qui hurlait en tendant les bras vers lui et en m'appelant au secours. Je nous revoyais à Greenford quand nous avions appris à résister à un interrogatoire face à des geôliers en uniforme SS, et je récapitulais inlassablement les consignes données pour protéger coûte que coûte une couverture. J'avais une grande confiance en lui, mais je tremblais pour lui.

Je me suis endormi au matin et je me suis réveillé à midi. J'ai pu à peine manger et j'ai passé l'après-midi à espérer son arrivée, mais en vain. Que pouvais-je faire, sinon attendre son éventuel retour ou un contact avec Mary ? Évidemment je ne suis pas sorti : la rue Boissonade était trop près de la rue Notre-Dame-des-Champs. Jamais, je crois, je ne me suis senti si seul que ce jour-là ! Et cette solitude pleine d'angoisse a duré une partie de la nuit qui a suivi : jusqu'à trois heures du matin, exactement, quand j'ai entendu gratter à la porte : c'était Charles, il était fourbu, presque méconnaissable, et il s'est effondré sur son lit en disant :

— J'ai faim !

Je lui ai porté à manger, puis il s'est endormi aussitôt et je n'ai appris qu'au matin ce qui s'était passé : il avait entraîné ses suiveurs dans une impasse du VIIe arrondissement, au fond d'une cour intérieure, et il les avait tués d'une rafale avec sa Sten, avant de fuir et d'errer comme je l'avais fait moi-même pendant une nuit et une journée entières pour être certain de n'être plus suivi.

— Tu sais, Antoine, m'a-t-il dit, j'ai tué deux hommes sans la moindre hésitation.

Puis il a ajouté, souriant soudain :

— Finalement c'est plus facile que je le croyais.

La nuit suivante, Mary est arrivée, au courant nous semblait-il de ce qui s'était passé. Il n'était pas question pour nous de continuer. Nous avions échoué.

— Hamilton enverra d'autres agents pour s'occuper de Verlaine, a-t-elle décrété. Pour vous, c'est terminé.

Elle nous a exfiltrés en nous conduisant deux jours plus tard dans l'Yonne au volant d'une traction et en empruntant des petites routes plutôt que la nationale. Là, dans une grande prairie bordée par une rivière, nous avons pris un Lysander pour Tempsford et nous sommes arrivés dans la nuit, un peu inquiets des conséquences de notre mission ratée, et pourtant sans avoir l'impression d'avoir commis des erreurs. Dès le lendemain nous avons été convoqués au siège du SOE, persuadés que nous aurions du mal à nous faire entendre et à justifier un échec évident, Verlaine étant encore en vie.

19

Nous avions tort d'être inquiets. Dès notre entrée dans son bureau, Hamilton s'est montré surtout critique vis-à-vis de l'Intelligence Service qui aurait dû savoir que l'immeuble était surveillé d'en face par la Milice.

— Vous avez parfaitement appliqué la procédure, nous a-t-il dit. Je ne considère pas que vous êtes responsables de cet échec. Vous allez vous reposer pendant quelques jours et vous repartirez.

— En Dordogne ! a insisté Charles. Nous devons vérifier que tout se passe bien là-bas. Et il nous faudra un pianiste. Je leur ai promis.

— Je verrai, a tranché Hamilton en se fermant brusquement. Contrairement à ce que vous croyez, je ne suis pas seul à décider. Je dois en référer au bureau de la sécurité.

— Est-ce que je peux aller m'expliquer devant eux ? a demandé Charles.

— Non ! Il n'en est pas question.

— Alors je compte sur vous pour leur démontrer la nécessité d'une nouvelle mission là-bas.

— Vous pouvez disposer, a conclu Hamilton en nous congédiant d'un geste négligent qui a rempli Charles de fureur.

Et nous avons repris nos habitudes londoniennes, dans une capitale où les raids allemands se faisaient plus rares, mais où les rues portaient toujours les stigmates des bombes ennemies. Le Blitz allemand avait provoqué des dégâts jusque dans Buckingham Palace, et quelques rues étaient encore jonchées de gravats. Au cours des alertes, pourtant, les Anglais faisaient preuve d'une désinvolture stupéfiante, et aucun d'entre eux ne paraissait douter de la victoire prochaine, à l'image de Churchill qui fumait son cigare avec une sorte d'application têtue, hautaine, vaguement méprisante.

Nous ne savions pas, alors, qu'il avait adopté la même attitude à l'égard de De Gaulle, car il nous était interdit de nous rapprocher des Français qui travaillaient avec lui. Pour le SOE, nous étions des soldats anglais, rémunérés comme tels, et nous n'avions pas le droit d'entrer en contact avec les gaullistes. Nous avons pourtant essayé, Charles et moi, ce qui nous a valu une rapide convocation chez Hamilton, à cette occasion de fort mauvaise humeur.

— De Gaulle, c'est la résistance française ! a-t-il éructé. Vous, vous faites partie de la résistance anglaise. Vos seuls contacts doivent s'effectuer sur le sol français ! Pas à Londres !

Il a ajouté, paraissant avoir perdu son flegme, en se levant brusquement de son fauteuil :

— Est-ce que vous m'avez bien compris ?

— Bien compris ! a répondu Charles. Mais renvoyez-nous là-bas le plus vite possible !

— Continuez comme ça, et vous n'êtes pas près d'y retourner !

De fait, les jours se sont succédé sans qu'Hamilton se manifeste et nous avons traîné notre ennui dans les pubs où nous jouions aux cartes une partie de la nuit, de plus en plus exaspérés par ce temps qui passait dans un immobilisme accablant. Il n'a été interrompu que par une réunion décidée en avril au sein du SOE où nous avons été confrontés, Charles et moi, et en présence du colonel Buckmaster, à un agent de l'Intelligence Service qui était le supérieur de Mary. Un homme élégant, aux fines moustaches, portant jaquette et chapeau haut de forme, qui a reconnu la responsabilité de ses agents à Paris dans l'échec de notre mission.

— Nous avons procédé nous-mêmes à l'élimination du coupable, a-t-il précisé. Il nous appartenait de réparer notre erreur.

Et, en se levant tout en enfilant ses gants de peau et en s'inclinant devant nous :

— *Gentlemen !* Je vous prie de bien vouloir nous excuser.

Le colonel Buckmaster l'a raccompagné et nous sommes restés seuls avec Hamilton qui a esquissé un sourire, mais a seulement daigné répondre à Charles au sujet de cette mission que nous espérions tant :

— Encore quelques jours. Soyez patients.

Effectivement, nous avons repris l'avion à Tempsford au début du mois de mai avec Sainteny, le pianiste avec qui j'avais déjà travaillé, et nous avons atterri près de Bergerac, avec pour mission d'organiser un parachutage d'armes entre Périgueux et Sarlat. De là, un paysan nous a conduits à Salignac où nous avons retrouvé Michèle et Abel, et nous avons décidé, en plein accord avec nos hôtes, que le poste émetteur-récepteur serait installé dans le grenier de leur ferme et que Sainteny apprendrait à Michèle à l'utiliser.

Durant l'après-midi nous avons dormi un peu, puis j'ai compris que Charles bouillait d'impatience, d'autant qu'Abel nous avait révélé que Séverine faisait la liaison entre les résistants de la région de Salignac et l'antenne de Périgueux dont le chef, au nom de code « Bertrand », était le cousin d'Abel qui travaillait à la préfecture.

— Elle prend le train deux jeudis par mois pour aller chercher les fausses cartes d'identité et nous allons les récupérer à Condat, avait expliqué Abel. On l'a baptisée Julienne parce que sa fausse carte porte le nom de Julienne Boisserie, née à Mussidan le 2 avril 1920.

Ces explications n'avaient rassuré Charles qu'à moitié, et il n'avait même pas attendu la nuit – qui tombait tard, en cette saison – pour partir à Condat à bicyclette. J'ai fait de même en direction d'Aubas où j'ai retrouvé Firmin et Jeanne avec le même plaisir, et mon lit des vacances où j'ai pu rêver à mon aise à notre bonheur enfui, mais avec une impression de sécurité délicieuse. J'y ai passé la journée du lendemain en m'efforçant de répondre le moins possible aux questions de ces grands-parents adorés que je voulais protéger. Je leur ai indiqué que je ne reviendrais plus les voir, sauf en cas de nécessité absolue, je les ai embrassés et je suis reparti le lendemain soir vers Salignac où Charles n'est réapparu que le lendemain matin.

Il avait passé deux nuits avec Séverine et en était ébloui, mais aussi terriblement inquiet pour elle. Il lui a fallu une matinée pour retrouver un peu d'empire sur lui-même et prendre en main l'organisation des opérations à venir. Il fallait vérifier que la piste d'atterrissage était toujours libre d'obstacles, repérer une nouvelle fois la grange où il faudrait acheminer les armes le plus rapidement possible, arrêter une date pour le parachutage et envoyer tous les renseignements à Londres. Trois jours au moins seraient nécessaires avant de recevoir l'accord du SOE, et trois autres avant que les armes soient rassemblées afin d'être embarquées dans le Whitley qui allait les larguer.

En somme, nous avions une semaine devant nous, et Charles m'a proposé de venir voir Séverine, avec lui, à Condat. Ce qu'il ne m'a pas révélé, ce jour-là, c'est qu'il envisageait de faire un voyage avec elle à Périgueux pour s'assurer que toutes les précautions avaient été prises et qu'elle ne se mettait pas en danger plus que nécessaire. Nous sommes arrivés à l'école vers minuit, et jamais, je crois, je n'ai vu Séverine aussi rayonnante que cette nuit-là. Les missions qu'elle accomplissait au chef-lieu la rendaient fière et elle n'y aurait renoncé à aucun prix. Je devinais qu'elle se sentait très proche de lui, ce qu'elle souhaitait depuis toujours. Si on lui avait proposé de l'emmener avec nous à Londres, je suis certain qu'elle aurait accepté sans la moindre hésitation. Nous avons beaucoup parlé des merveilleux étés d'avant la guerre, nous remémorant nos longues courses à bicyclette, nos baignades à la digue, nos retrouvailles quotidiennes sous les châtaigniers, puis j'ai essayé de les dissuader de se rendre ensemble à Périgueux.

— Antoine, m'a-t-elle dit, il n'y a aucun danger. Je te le jure.

— Mais bien sûr que si, il y a du danger ! Où est-ce que tu retrouves Bertrand ?

— Dans un café des allées de Tourny. Un peu à l'écart du centre-ville.
— Et dans le train, il n'y a aucun contrôle ?
— Ça n'est jamais arrivé.
— Moi aussi j'ai une couverture inattaquable, a tranché Charles. Je partirai par le train de six heures et je l'attendrai là-bas. Je ne m'approcherai pas d'elle. Je surveillerai, c'est tout.

J'ai compris que je ne parviendrais pas à le faire renoncer à son projet, et je suis allé dormir un peu en attendant le jour. Quand je me suis réveillé, Charles était déjà parti à la gare et Séverine s'apprêtait pour prendre le train de neuf heures. C'était la première fois que j'étais seul avec elle depuis longtemps. Elle s'est assise en face de moi pendant que je buvais un café et elle m'a pris la main en disant :

— Il faut avoir confiance, Antoine. Quoi qu'il arrive, je serai heureuse d'avoir fait ce que je fais.

Elle était tellement belle, ce matin-là, avec ses boucles brunes, ses yeux de velours noir, à peine fardés, que j'ai encore plus redouté de la voir tomber un jour aux mains de la Gestapo.

— Fais bien attention à toi, ai-je dit.
— Ne crains rien, m'a-t-elle rassuré, je prends toutes les précautions nécessaires.

Elle est partie en me recommandant de ne pas sortir de l'école et de les attendre. On était jeudi et personne ne viendrait frapper à la porte. J'ai attendu donc, en m'efforçant d'oublier les dangers qu'ils couraient, et en lisant *Les Rayons et les Ombres* de Victor Hugo, que j'avais découvert sur une commode. De temps en temps je me levais pour regarder, derrière le rideau de la fenêtre, les peupliers le long de la rivière, ou les quelques passants qui traversaient la place et vaquaient à leurs occupations quotidiennes en me donnant l'impression que les Allemands étaient loin, et que la paix régnait dans ce recoin isolé de Dordogne.

Cette sensation apaisante m'a aidé à m'endormir, au début de l'après-midi, après avoir déjeuné d'une tranche de rôti froid et de fromage, et je me suis réveillé en sursaut à trois heures, en me demandant ce que je faisais là. Puis, ayant repris pied dans la réalité, je me suis remis à lire, non sans jeter un coup d'œil régulier sur la montre. À cinq heures, Séverine est apparue, souriante, affirmant que tout s'était bien passé, et que Charles arriverait par le train de neuf heures. Nous sommes restés seuls, assis sur deux fauteuils qui se faisaient face, et je me suis senti merveilleusement bien, très proche d'elle.

Elle m'a raconté comment Charles l'avait suivie et s'était assis à une table proche de celle où elle attendait Bertrand, elle m'a montré les fausses cartes d'identité – une demi-douzaine –, où figuraient des photos qui avaient été tamponnées du cachet préfectoral, m'a expliqué qu'elle les dissimulait non pas dans son sac mais sous ses vêtements. Après le rendez-vous, elle avait fait des courses dans les boutiques du centre-ville comme une ménagère ordinaire, puis elle était revenue vers la gare et avait pris le train de trois heures et demie.

— Tu vois, a-t-elle conclu : tu t'inquiètes pour rien.

Pourtant, au fur et à mesure que les heures ont passé, elle s'est un peu renfermée sur elle-même, et bien davantage encore quand Charles n'est pas réapparu comme il devait le faire, après le train du soir.

Alors elle est devenue muette et j'ai mesuré à quel point sa vie dépendait de la sienne.

— Il arrivera par le train de nuit, ai-je dit. Je le connais : il n'a pris aucun risque s'il s'est senti suivi. Ne t'inquiète pas.

Le soir, nous avons dîné en silence, puis nous sommes revenus nous asseoir, non plus sur les fauteuils, mais sur son canapé, côte à côte, et elle m'a demandé :

— Prends-moi la main, Antoine.

Ce que j'ai fait, mais ça ne lui a pas suffi, elle s'est laissée aller contre moi et j'ai entouré ses épaules du bras.

— Parle-moi, s'il te plaît.

Je lui ai raconté ce qui s'était passé à Paris, à Montparnasse, et comment Charles était réapparu après deux nuits, mais au lieu de la rassurer j'ai eu l'impression que ce récit l'angoissait davantage. Alors j'ai imaginé ce que serait notre vie après la guerre, et combien nous serions heureux, tout près les uns des autres, et je lui ai juré que je ne m'éloignerais jamais d'eux, que je viendrais les voir souvent, où qu'ils soient. Elle s'est dégagée doucement de mon bras, puis elle s'est allongée sur le canapé, a posé sa tête sur mes genoux et elle s'est endormie.

Moi, je n'ai pas pu : sentir ainsi son corps chaud contre le mien, ses jambes repliées sous elle, alors que sa respiration soulevait sa poitrine, me faisait imaginer des gestes que je ne pouvais esquisser sans penser à Charles. Je savais que si je le trahissais, je la perdrais elle aussi, et de cela je ne voulais à aucun prix. Mais ces heures à sentir ce contact troublant me sont restées inoubliables et quand j'y repense, si longtemps après, une sensation de douce chaleur m'envahit, comme si Séverine était encore là, abandonnée dans une confiance qui me la livrait peut-être plus sûrement que par une étreinte interdite.

J'ai fini par m'assoupir vers trois heures, et c'est en entendant frapper à la porte, un peu plus tard, que j'ai sursauté, la réveillant elle aussi. Elle s'est précipitée pour ouvrir, s'est jetée dans les bras de Charles, car c'était bien lui, souriant, affamé, et elle n'a pas pu lui cacher combien elle avait eu peur. Il l'a rassurée d'une voix calme, insistant sur le fait qu'en toutes circonstances il ne fallait pas s'affoler, mais réfléchir, au contraire, et agir avec la plus grande prudence : ce qu'il avait fait, tout simplement, quand il avait aperçu des uniformes allemands près de la gare. Il s'en était éloigné, avait gagné la périphérie, où il avait dérobé une bicyclette pour faire le trajet jusqu'à Condat. Il avait mis quatre heures à le parcourir, et il était épuisé.

Constater comment Séverine s'empressait auprès de lui lui a fait mesurer à quel point elle avait eu peur, et il a feint de s'en moquer à plusieurs reprises, alors qu'il mangeait de grand appétit.

— Mon Dieu ! a-t-elle dit pour changer de conversation. Et moi qui dois faire classe ce matin !

Dès que Charles a eu terminé, ils sont passés dans leur chambre, moi dans la mienne, et j'ai pu enfin trouver le sommeil, mais un sommeil lourd de menaces où Séverine se débattait au milieu d'hommes hostiles en tendant ses mains vers moi.

20

Quand le grondement du Whitley s'est manifesté, dans le profond silence de la nuit, j'ai eu l'impression qu'il alertait toute la région, y compris les gendarmes, la Milice et la Gestapo. Abel et ses hommes avaient allumé les feux depuis dix minutes, et nous guettions l'avion venu d'Angleterre, sous le couvert des arbres en lisière de la piste qui me paraissait minuscule. Sainteny guidait le pilote avec son S-Phone, un émetteur-récepteur à ondes courtes qui permettait de communiquer sur deux ou trois dizaines de kilomètres selon le relief. Et quand le Whitley est apparu au-dessus des arbres, face à nous, il m'a semblé qu'un ouragan se levait, tellement il volait bas – à peine à cent mètres. J'ai aperçu les containers qui se détachaient de la cale et qui s'écrasaient sur la piste balisée, mais l'avion a fait demi-tour après s'être éloigné, car il n'avait pas réussi à tout larguer en un seul passage.

L'opération n'avait pris que cinq minutes, alors que j'ai cru qu'elle avait duré très longtemps. De fait, je n'avais jamais assisté de nuit à une livraison d'armes, et le Westland Lysander que j'avais l'habitude d'attendre était un petit avion de quatre places capable d'atterrir et de décoller sur de très faibles distances, et il était beaucoup moins bruyant que le Whitley. Dès qu'il a disparu, laissant place au silence inquiet de la nuit, nous nous sommes précipités pour charger les armes dans deux camionnettes avant de quitter les lieux et de rouler vers la grange qui devait les recueillir, sous cinquante centimètres de paille.

Charles, près de moi, était très calme, mais les hommes d'Abel, pour qui c'était la première opération à risques, agissaient précipitamment, comme s'ils avaient hâte de se trouver à l'abri. De fait, ils se sont dispersés rapidement, et nous sommes rentrés sans incident à la ferme de Salignac, où nous nous sommes couchés avec la satisfaction d'avoir désormais les moyens d'agir.

Dès le lendemain, pourtant, Michèle est revenue de l'école à midi en nous annonçant que les GMR – les gendarmes de Vichy – patrouillaient sur les routes, et nous avons évité de sortir, même de nuit. Malgré cette menace, Charles n'a pas pu attendre longtemps. Quarante-huit heures plus tard, il est parti vers Condat, et ce qui devait arriver est arrivé : une voiture des GMR a surgi d'une rue transversale alors qu'il arrivait à Condat, et, comme il tentait de fuir, ils ont ouvert le feu, le blessant à l'épaule gauche. Alors, afin de ne pas mettre Séverine en danger, il ne s'est pas dirigé vers l'école, et il a été rattrapé dans un chemin qui conduisait à la rivière.

Depuis son appartement, en entendant les coups de feu, Séverine a compris ce qui se passait, et, malgré le danger, elle n'a pas hésité à sortir dans la nuit pour venir nous prévenir, avec l'aide de son voisin et ami qui possédait une Juvaquatre. Elle était affolée, ne cessait de répéter :

— Quelle folie ! Je lui avais fait promettre pourtant d'être prudent, quelle folie ! Quelle folie !

Moi aussi, cette nuit-là, j'en ai voulu à Charles de n'avoir pas été patient, alors que toutes les forces de police avaient été alertées.

L'ami de Séverine s'appelait Anselme et connaissait bien Abel, avec qui il était en relation dans le cadre d'une organisation agricole. Il n'était entré dans le réseau que depuis peu de temps, mais il ne manquait pas de courage. C'est lui, je crois, qui a proposé d'aller attaquer les GMR basés au Lardin avant que Charles soit conduit à Périgueux. Nous étions six, dans la salle à manger de la ferme à Salignac, cette nuit-là : Abel, Anselme, donc, Séverine, Sainteny, Michèle et moi.

— C'est trop tard pour nous, a dit Abel. Je suis sûr qu'ils sont déjà en route vers Périgueux.

Séverine était dévastée, livide, désespérée, elle tremblait et se disait coupable, à présent, alors qu'elle avait au contraire recommandé la plus grande prudence à Charles. Que pouvions-nous décider ? Cela faisait au moins deux heures que Charles avait été arrêté.

— Je vais téléphoner à Bertrand, a décidé Abel. Peut-être qu'ils auront le temps d'intervenir avant l'arrivée des GMR à Périgueux.

Il est sorti de la pièce, son téléphone se trouvant dans son bureau, puis il est revenu quelques minutes plus tard en disant :

— Ils vont essayer. Bertrand me l'a promis.

Séverine demeurait muette à présent. Il était quatre heures du matin, mais aucun de nous ne songeait à dormir. C'était impossible. Nous étions là, inutiles et désemparés, attendant que le téléphone sonne, et je m'en voulais de n'avoir pas su retenir Charles.

— Et l'école ! a murmuré Séverine. Il faut que je fasse la classe.

— Nous repartirons au lever du jour, a répondu Anselme.

— Oui, l'a approuvé Abel, il faut se comporter normalement, ne rien changer à nos habitudes.

Mais qu'elles ont été longues, ces heures d'attente dans cette maison qui, pourtant, était paisible dans la nuit de mai, alors que chacun prenait conscience de la gravité de la situation ! Au point qu'Abel s'est interrogé sur les mesures à prendre si l'opération de sauvetage ne réussissait pas.

— Charles ne parlera pas, ai-je dit.

Un lourd silence a succédé à ces mots qui laissaient entrevoir des conséquences périlleuses pour tous.

— Peut-être vaudrait-il mieux changer les armes de place, a suggéré Abel.

— Attendons ! ai-je dit. Nous avons au moins quarante-huit heures devant nous.

C'était la première fois que je me trouvais devant une situation aussi grave. Je récapitulais dans mon esprit toutes les recommandations reçues du SOE, mais à cause de la présence de Séverine, je n'osais pas formuler clairement les risques que nous courions tous, et Charles le premier s'il était interrogé par la Gestapo. Je pensais à la pilule de cyanure de potassium dissimulée dans un bouton de sa veste et je me demandais s'il supporterait la torture dont on nous avait enseigné les différentes spécialités allemandes à Greenford.

À un moment donné, je suis allé à la fenêtre et j'ai aperçu une lisière pâle au-dessus des arbres, qui annonçait la naissance du jour. Je me suis retourné vers Séverine pour lui dire qu'il était temps pour elle de regagner Condat, souhaitant de cette manière l'éloigner de la nouvelle que nous redoutions tous, et c'est à ce moment-là que le téléphone a sonné dans la pièce d'à côté. Nous nous sommes tous précipités et avons entendu Abel prononcer quelques mots qui nous ont à moitié rassurés :

— Oui... bien... bon... Merci Bertrand !

Il a raccroché et nous sommes repassés dans la salle de séjour où il nous a fait le récit de ce qu'il avait appris : Bertrand et ses hommes, comme promis, avaient intercepté la voiture des GMR et libéré Charles, mais les trois gendarmes étaient morts, et il y avait un mort également parmi les résistants. Charles avait une balle dans l'épaule, et il avait été conduit dans une maison de Boulazac, dans la banlieue de Périgueux, où il ne risquait rien et où il serait soigné par un médecin de confiance.

Séverine n'avait pas flanché, mais j'avais senti ses ongles s'enfoncer dans mon avant-bras, et elle tremblait, à présent, appuyée contre moi, sans avoir la force de poser la moindre question. Anselme a mis fin à la tension en disant :

— Maintenant, il faut partir !

Séverine n'a pas prononcé un mot, mais elle m'a embrassé et elle est demeurée un instant blottie contre moi, puis elle a rejoint son chauffeur qui, déjà, la précédait dans la cour. Avant de monter dans la Juvaquatre, elle m'a fait un signe de la main et enfin m'a souri. À ce moment précis, je me suis demandé si elle n'était pas capable de faire une folie pour retrouver Charles dans la banlieue de Périgueux, mais j'ai pensé qu'elle avait compris à quel point les risques étaient grands, désormais, pour tous les membres du réseau.

Comme il n'était pas question de regagner Londres sans Charles, je me suis consacré durant les jours qui ont suivi à enseigner aux hommes d'Abel qui se succédaient à la ferme le maniement des armes parachutées, la manière d'utiliser le plastic, les détonateurs, les grenades, les fusils-mitrailleurs Bren ; comment réparer rapidement les mitrailleuses Sten qui s'enrayaient facilement, comment saboter une voie ferrée, comment monter une embuscade, enfin tout ce que j'avais appris en Angleterre et qui trouvait aujourd'hui son application au cœur du territoire français, ainsi que l'avaient imaginé Churchill et le colonel Buckmaster.

À mes côtés, Sainteny apprenait à Michèle le fonctionnement d'un poste émetteur-récepteur, les signaux lumineux de sécurité lors des opérations de largage (une lettre de l'alphabet répétée en morse), l'utilisation d'un S-Phone à l'approche de l'avion, tout ce qui permettait de communiquer à distance et de mettre au point les parachutages.

Huit jours plus tard, Anselme est revenu à Salignac, et il est apparu très contrarié, car Séverine n'avait pu s'empêcher de se rendre à Périgueux, où elle avait rencontré Bertrand, mais celui-ci avait refusé de la conduire à Boulazac. En outre, il lui avait interdit de venir chercher les fausses cartes d'identité au moins pendant un mois. Anselme apportait également des nouvelles de Charles, qui avait été opéré par un médecin de confiance et se portait bien. Encore huit jours et il serait en mesure de nous rejoindre.

Nous avons profité de ces huit jours pour achever la formation des hommes d'Abel, et nous avons changé les armes de place. J'ai également arrêté avec lui l'emplacement d'un sabotage de la voie ferrée Brive-Périgueux, puis je suis allé passer vingt-quatre heures à Aubas, chez Jeanne et Firmin, car les risques n'étaient pas grands, de nuit, à bicyclette, en pleine campagne, en dehors de toute agglomération. Au reste, depuis l'attaque de leur voiture dans la banlieue de Périgueux, les GMR se méfiaient.

Je ne suis pas allé à Sarlat. Je savais que là-bas, la Milice et la police sévissaient jour et nuit, et Firmin s'était engagé à donner de nos nouvelles à mes parents ainsi qu'à ceux de Charles. Puis nous avons attendu les directives de Londres afin de repartir, et nous avons rejoint Charles dans la périphérie de Bergerac, où un Lysander est venu nous chercher par une nuit de pleine lune qui sentait bon l'herbe chaude du mois de mai. Je savais que Charles n'avait pas revu Séverine et qu'il en souffrait. Ce qui me préoccupait, moi, c'était surtout le fait de devoir m'expliquer devant Hamilton lors de la séance de débriefing : faudrait-il avouer l'imprudence de Charles ou la taire ?

— Ce ne sera pas la peine, m'a dit Charles. Ils savent tout.

De fait, dès le lendemain de notre arrivée nous avons été convoqués à Portman Square et Charles n'a pu nier qu'il entretenait des relations avec Séverine et qu'il était allé la rejoindre cette nuit-là, alors que les GMR étaient sur les dents.

— Vous avez failli à votre mission ! a décrété Hamilton. Nous vous avons enseigné de ne jamais mêler vos affaires sentimentales aux nécessités de l'action.

Et il a ajouté d'un ton définitif :

— Vous ne retournerez pas en Dordogne. Salagnac et Sainteny s'en occuperont seuls.

Charles n'a pas cherché à se défendre outre mesure, mais j'ai senti qu'il imaginait déjà comment contourner cette interdiction. Il m'a seulement dit, dans la voiture qui nous reconduisait à notre appartement de Chelsea :

— De toute façon, une fois de retour en France, je ferai ce que je voudrai.

21

Le mois de juin de cette année 1943 redonnait à Londres un peu de son insouciance d'avant la guerre, et la verdure recouvrait par endroits les dégâts du Blitz allemand. Je suis demeuré seul pendant quinze jours dans notre appartement de Chelsea, car Charles avait été envoyé dans la région de Nantes pour une mission dont il n'était pas autorisé à parler. J'ai attendu son retour avec impatience, tout en redoutant d'avoir à reprendre l'avion pour la France avant de le revoir.

Il est rentré un soir, souriant, il m'a donné cette accolade fraternelle dont il était coutumier, et il m'a dit aussitôt, avant même de s'asseoir :

— Je l'ai vue, Antoine. Elle va bien.

— Comment as-tu fait ?

— L'Intelligence Service ne peut pas être partout, et je te rappelle qu'ils nous ont appris à déjouer une filature.

Il m'a expliqué qu'il avait pris le train à Nantes vers Bordeaux, et de Bordeaux jusqu'à Périgueux, enfin Condat où il n'était resté qu'une nuit. À la suite de quoi il était remonté vers Nantes où il avait repris contact avec Londres, une fois sa mission accomplie.

— Tu n'as pas été contrôlé ?

— Si : à Bordeaux. Mais j'ai une carte d'identité d'ouvrier agricole. Et je te rappelle, Antoine, que les gens du monde agricole ne sont pas soumis au STO.

Il a ajouté, avec une évidente satisfaction :

— Là-bas, je m'habille en conséquence, et je veille à n'avoir pas des mains trop nettes.

Ensuite il m'a parlé de Séverine, qui avait repris ses missions à Périgueux, mais seulement une fois par mois.

— Bertrand veille sur elle. Tout va bien là-bas. Elle m'a dit qu'elle pensait à toi et qu'elle comptait bien te revoir bientôt.

Ce qui a été le cas, puisque Hamilton a décidé de me renvoyer en Dordogne afin d'arbitrer un litige entre le groupe d'Abel et les FTP qui se disputaient les armes parachutées. Je suis donc reparti au début du mois de juillet et j'ai retrouvé Abel et sa femme, mais aussi Anselme et Séverine qui les rejoignaient de plus en plus souvent, ce qui ne m'a pas paru prudent du tout. Je le leur ai fait observer, mais sans obtenir de leur part la promesse d'y renoncer.

Pour le reste, j'ai rencontré le responsable FTP, du nom de code « Baïkal », en présence d'Abel et de Bertrand, dans une ferme abandonnée à quatre kilomètres de Montignac. Selon Baïkal, les FTP estimaient qu'ils avaient droit aux armes parachutées aussi bien que ceux de l'Armée secrète, dont faisait partie le réseau d'Abel. Ils s'étaient donc servis dans la grange qui les abritait, mais ils ne les rendraient que s'ils obtenaient les mêmes livraisons de Londres. Je ne pouvais pas m'engager sur ce point, mais j'ai promis d'en référer à Hamilton et d'appuyer leur demande. La fin de l'entrevue a été très tendue, et les deux parties ont failli en venir aux mains.

— Si tu ne me les rends pas, a lancé Abel à Baïkal, je viendrai les chercher moi-même.

Il a fallu que j'use de toute la diplomatie nécessaire pour qu'ils acceptent de se séparer en se serrant la main, mais j'ai gardé de cette entrevue une sensation très désagréable : les divers mouvements de résistance agissaient chacun de leur côté, sans la moindre coordination. Et je me suis juré de l'expliquer à Hamilton en lui montrant les risques que cette situation faisait courir aux uns et aux autres.

Une fois de retour à Salignac, j'ai senti Abel gêné, comme s'il me cachait quelque chose. Il a fini par m'avouer que Séverine lui avait demandé à participer à l'expédition de nuit décidée pour faire sauter la voie ferrée entre Sarlat et Périgueux.

— Elle insiste, a-t-il ajouté. Qu'est-ce que je dois faire ?

Je me suis rendu à Condat, où j'ai passé un jour et deux nuits, afin de la convaincre de ne pas s'exposer inutilement. Trois hommes suffisaient pour transporter les explosifs et les installer sur la voie. Ce n'était pas la peine de prendre de tels risques.

— Et qu'en dirait Charles ? m'a-t-elle demandé.

— La même chose que moi.

— Est-ce que tu en es sûr, Antoine ?

Je n'ai pas répondu. Nous étions seuls, face à face, dans sa cuisine, et je ne reconnaissais plus la jeune fille qui nous attendait, appuyée sur sa bicyclette au cours des merveilleux étés d'avant la guerre. Son visage avait pris un masque dur, que ses cheveux bruns et ses yeux noirs accentuaient.

— Que cherches-tu, Séverine ? ai-je demandé.

Elle a souri enfin, a répondu :

— À être digne de lui.

— Tu l'es déjà.

— Non ! Pas assez à mon goût.

Un long silence nous a séparés, tandis que je cherchais des mots pour lui répondre, puis elle a murmuré :

— Je ne peux plus vivre sans lui, Antoine. S'il te plaît, emmène-moi.

— À Londres ?

— Oui, à Londres.

Elle avait tout à coup retrouvé l'innocence et la fragilité de ces vacances heureuses, son visage s'était détendu, alors qu'elle ajoutait :

— En souvenir de ce que nous avons vécu, je te le demande, Antoine : emmène-moi !

J'ai compris qu'elle avait insisté pour faire partie de l'équipe destinée à saboter la voie uniquement parce qu'elle savait que j'interviendrais pour m'y opposer et qu'elle pourrait me parler comme elle le souhaitait.

— Tu sais bien que ce n'est pas possible.

— Si ! C'est possible. Charles me l'a dit.

— Je ne te crois pas.

Il me paraissait impossible, en effet, en me souvenant des difficultés que nous avions rencontrées pour entrer dans le SOE, que Charles ait pu prendre un tel engagement. Séverine a baissé la tête et a pris un air humble, vaguement coupable.

— Tu as raison de ne pas me croire, Antoine, mais tu dois me comprendre.

Et elle a ajouté :

— Au nom de tout ce que nous avons vécu ensemble, tu dois m'aider, s'il te plaît.

Comme je ne savais comment échapper à son regard implorant, j'ai murmuré :

— J'essaierai.

— Merci.

Elle avait retrouvé son naturel et son humilité, et elle s'est mise à me parler de la dernière visite de Charles en provenance de Nantes.

— Je l'ai à peine reconnu, m'a-t-elle avoué en riant. On aurait dit un valet de ferme.

— Oui, on nous a appris ça aussi à Greenford : à nous fondre dans le milieu et à ressembler à ceux que nous fréquentons.

— Alors j'apprendrai aussi ! s'est-elle exclamée.

Je n'ai pas eu la force de la dissuader. Au contraire, quand nous sommes allés dans sa salle de séjour, elle s'est assise près de moi et, comme au cours de la nuit où Charles était en danger, elle a posé la tête sur mon épaule. Et elle a commencé à me parler de lui, regrettant de ne pas l'avoir connu enfant, d'avoir perdu tant d'années loin de lui, de ne pouvoir vivre chaque minute à ses côtés.

— Est-ce que ce sera long, Antoine ? a-t-elle murmuré.

— Non ! Je ne crois pas que les Allemands tiennent plus d'un an.

— Un an ! Mon Dieu ! Jamais je ne pourrai attendre un an !

— Mais qu'est-ce que c'est un an, ai-je dit, quand on a toute la vie devant soi ?

Comme chaque fois qu'elle se blottissait contre moi je luttais contre l'envie de la prendre dans mes bras et je me demandais si elle le devinait. Aujourd'hui, si longtemps après, je crois que oui, mais je savais qu'elle ne jouait pas volontairement à ce jeu dangereux : elle s'imaginait sans doute, en fermant les yeux, que c'était l'épaule de Charles sur laquelle elle se penchait, et ses poignets qu'elle serrait.

J'ai cru pourtant, durant la nuit qui a suivi, qu'elle avait décidé de franchir l'ultime barrière qui nous séparait quand j'ai entendu son pas dans ma chambre, et qu'elle s'est assise sur le bord de mon lit. Un rai de lumière venait du couloir, l'éclairant faiblement à l'instant où elle a demandé :

— Antoine ! Tu dors ?

— Non.

Le silence qui a succédé à ces quelques mots m'a paru durer un siècle, et j'ai souhaité, non sans me sentir coupable, qu'elle s'allonge près de moi, mais elle n'en a rien fait. Elle a dit simplement, d'une voix décidée :

— Je veux qu'on se marie, Charles et moi, la prochaine fois qu'il reviendra. Je vais faire préparer les papiers.

— Ce serait trop dangereux, ai-je dit. Tu sais bien qu'il vient en France sous une fausse identité.

— C'est pour cette raison qu'il faut que tu m'emmènes en Angleterre.

Je sentais son souffle chaud au-dessus de moi, j'ai failli tendre la main avant de répondre :

— Je lui en parlerai.
— Promets-le-moi, Antoine, s'il te plaît.
— Je te le promets.

Elle s'est levée et elle est repartie dans sa chambre où je l'ai entendue refermer sa porte doucement. Encore aujourd'hui, je m'en veux d'avoir espéré un geste, un abandon dont je sais qu'elle était bien incapable. Sa droiture et son amour pour Charles la maintenaient loin de la moindre compromission, à laquelle, j'en suis persuadé, elle n'a jamais songé. Et quand elle m'a embrassé, à cinq heures du matin, en me disant au revoir, alors que je m'apprêtais à me rendre chez Jeanne et Firmin, elle m'a dit, d'une voix qui tremblait :

— Je n'ai que toi pour m'aider, Antoine, mais je sais que je peux te faire confiance.

Je suis parti dans la nuit claire, au parfum d'herbe humide, vers Aubas, en me demandant comment j'allais pouvoir l'aider, et en gardant sur ma joue, précieusement, la caresse de la sienne, bien décidé à ne jamais plus demeurer dans une telle intimité avec elle. Auprès de Jeanne et de Firmin, j'ai retrouvé le calme et la raison, non sans regretter de ne pouvoir les aider pour les moissons qui approchaient. J'y suis resté deux jours et deux nuits, en attendant mes parents que Firmin était allé prévenir. Je ne les avais pas vus depuis longtemps mais je savais qu'il n'y avait pas de risques à les rencontrer là : quoi de plus naturel pour ma mère que de venir en visite chez son père et sa mère ?

Je les ai trouvés toujours aussi préoccupés par ces secrets qu'ils devinaient, cette clandestinité qui était la mienne, et les précautions que je prenais pour les rencontrer. Comme d'habitude, je leur ai répété qu'il valait mieux qu'ils en sachent le moins possible, et ils sont repartis, toujours aussi inquiets pour moi, en me promettant d'aller donner des nouvelles de Charles à ses parents.

Il était temps de regagner l'Angleterre. Je suis retourné chez Abel et Michèle, toujours de nuit, et elle a contacté le SOE pour connaître les modalités de retour. Un ami d'Abel m'a conduit dans les environs des Eyzies, où un Lysander est venu me chercher, quarante-huit heures plus tard. Bien avant l'aube j'ai atterri à Tempsford et j'ai gagné l'appartement où ni Sainteny ni Charles ne se trouvaient. Le soir même j'ai été convoqué au siège du SOE, où Hamilton m'attendait avec, pour la première fois, m'a-t-il semblé, une certaine impatience.

22

Il n'a pas été étonné par mon rapport au sujet de la lutte entre les différents mouvements de la résistance française. Sans doute en avait-il déjà été informé par l'Intelligence Service. Sur le terrain, les branches armées des mouvements politiques nés de Combat, Libération, Franc-Tireur regroupés depuis janvier 1943 au sein des Mouvements unis de Résistance se disputaient les armes et les territoires, afin d'acquérir le plus d'importance possible auprès de De Gaulle et de Londres. Et ils étaient nombreux : l'Armée secrète, les maquis du MLN en zone nord, les Groupes francs, l'Action ouvrière, les groupes Vény, la Main-d'œuvre immigrée, et bien évidemment les Francs-tireurs et partisans créés par le Parti communiste.

Quand je lui ai exposé les desiderata de Baïkal, Hamilton a levé les bras au ciel en s'exclamant :

— Même de Gaulle ne leur donne des armes qu'avec parcimonie. Il sait très bien qu'après la victoire il faudra les désarmer, sans quoi ils prendront le pouvoir par la force. Staline n'attend que ça. Alors ce n'est pas nous qui allons leur en fournir.

Comme je lui faisais observer que l'Armée secrète était en conflit permanent avec eux, il m'a répondu :

— Qu'ils se débrouillent ! On leur donne tout ce qu'il faut pour ça !

En somme, ma mission en Dordogne avait été inutile, ce que j'ai fait observer à Hamilton qui m'a répondu :

— Pas le moins du monde ! Je fais toujours en sorte de vérifier ce que j'apprends de l'Intelligence Service. Allez prendre du repos. Vous repartirez dans trois semaines.

Mais je ne me suis pas résolu à partir avant d'avoir évoqué Séverine et son désir de passer en Angleterre pour participer aux mêmes actions que Charles et moi. J'ai fait l'éloge de sa détermination et de son courage. J'avais promis à Séverine d'intercéder en sa faveur et je m'en serais vraiment voulu de ne pas tenir ma promesse.

— Il n'en est pas question ! a tranché Hamilton. Si elle est aussi courageuse que vous l'affirmez, elle nous sera plus utile là où elle se trouve.

Il a ajouté, avec une once de contrariété :

— Vous savez très bien qu'on n'entre pas au SOE si facilement. Vous avez assez souffert pour ne pas l'oublier, n'est-ce pas ?

Puis, d'un air patelin qui m'a démontré qu'il n'était pas dupe :

— Votre ami Descombes m'en a déjà parlé et je lui ai répondu que c'était impossible.

J'ai quitté Hamilton avec la conscience tranquille, mais je me suis inquiété pour Charles qui, je le savais, ne se soumettrait pas à un tel refus. Je l'ai attendu huit jours et il est apparu un matin en se disant très satisfait de sa mission. Comme il en avait pris l'habitude, depuis Poitiers où il était intervenu dans la formation d'agents recruteurs pour le compte d'un groupe de Francs-tireurs, il était allé pendant quarante-huit heures en Dordogne, avant de regagner l'Angleterre.

— Séverine m'a dit qu'elle t'avait vu, m'a-t-il expliqué. Tu connais donc son projet : faire établir des papiers pour nous marier.

— Ce n'est pas possible. Tous les maires sont nommés par le gouvernement de Vichy.

— Oui. Je le lui ai dit.

— Quant à Hamilton, tu sais ce qu'il pense de son souhait de venir en Angleterre.

— Oui. Je sais tout ça.

— Alors ? Que vas-tu faire ?

— Finir de payer ma dette au SOE, puis, avant la fin de l'année, ne pas rentrer en Angleterre. Rester en Dordogne pour combattre avec elle. Je le lui ai promis. Elle a accepté d'attendre.

Il paraissait apaisé par cette décision qui préparait un avenir commun plus tôt qu'ils ne l'avaient espéré. Aussi s'est-il montré enjoué et heureux au cours des deux semaines que nous avons passées ensemble, avant qu'il reparte pour une mission à Genève. Le soir où nous nous sommes séparés, il m'a dit en m'embrassant :

— Tu feras comme moi, Antoine, et nous serons heureux tous les trois là-bas.

Pourquoi, alors qu'il souriait avant de partir vers Tempsford, ai-je eu l'impression que je ne le reverrais jamais ? Je ne sais pas. Rien ne pouvait me le faire supposer. Et pourtant, quand il s'est engouffré dans l'escalier, j'ai eu envie de le rejoindre et de le retenir.

Je me suis trouvé ridicule et je n'ai pas bougé. De derrière la fenêtre, je l'ai vu s'éloigner dans la nuit calme et chaude de l'été, et il s'est retourné pour me faire un signe de la main.

Trois jours plus tard, je partais pour Toulouse, afin de rencontrer le colonel Ravanel, qui avait été chargé de regrouper tous les mouvements de résistance du grand Sud-Ouest. C'était un homme aux yeux très clairs, dynamique et fiable, mais qui se heurtait pourtant à de multiples difficultés du fait que les différents réseaux entretenaient des relations exécrables. J'ai dû assister à plusieurs réunions houleuses où j'ai apporté l'assurance que Londres et de Gaulle tenaient à ce regroupement pour des raisons évidentes d'efficacité. Nous avons changé chaque fois de lieu de réunion, tant la police française et la Gestapo montraient d'efficacité dans la Ville rose. Il n'était pas question de mettre en danger les plus hauts responsables des réseaux clandestins, et cependant j'ai eu la sensation, à plusieurs reprises, d'être suivi.

Un matin de très bonne heure, j'ai pris le train pour Bordeaux, et de là, pour Périgueux, où j'ai trouvé refuge chez Firmin et Jeanne. Je n'étais pas très inquiet, car je possédais une fausse identité à toute épreuve : j'étais censé m'appeler Pierre Desbats, et j'étais négociant en vins, ce qui m'autorisait de fréquents voyages tout en ayant le statut d'exploitant agricole. Sans cela, en cas d'arrestation, mon jeune âge m'aurait en effet exposé à m'expliquer sur le fait que je n'étais pas parti au STO. Le propriétaire exploitant de Saint-Émilion était évidemment au courant de mon existence et devait confirmer tous ces renseignements en cas d'interrogatoire.

À Condat, j'ai trouvé Séverine rassérénée par la promesse de Charles, mais aussi décidée à se battre à ses côtés dès qu'il aurait regagné la Dordogne.

— Aujourd'hui, Antoine, je suis heureuse, m'a-t-elle dit. Et je suis certaine que tu nous rejoindras le plus vite possible.

Avec Abel, nous avons rencontré Bertrand, à sa demande, dans une ferme isolée de Saint-Pierre-de-Chignac. Il était préoccupé car il avait eu connaissance d'un projet d'attentat à Périgueux par les FTP. Or il y avait là-bas des centaines de Juifs réfugiés, expulsés d'Alsace par les troupes hitlériennes en 1940.

— Je crains de terribles représailles, a ajouté Bertrand, mais je ne suis pas en mesure de m'y opposer. Après tout, nous aussi avons choisi la lutte armée.

Je suis reparti pour Toulouse, également inquiet des risques courus de plus en plus par les populations, mais persuadé qu'il n'était plus possible d'éviter les conséquences des opérations armées décidées par les uns et les autres. Dans la Ville rose, j'ai retrouvé Ravanel pour une dernière entrevue avant de repartir en Angleterre, et de nouveau j'ai eu la sensation d'être suivi. C'était le cas. Sans doute avais-je négligé une mesure de sécurité et je m'en suis voulu de mettre ainsi des hommes tels que lui en danger. En fait, je ne pouvais pas savoir que l'un d'entre eux avait trahi, et que nous étions surveillés depuis le début. Je n'avais plus qu'une chose à faire : prévenir Ravanel et disparaître le plus vite possible. Mais avant, il fallait s'occuper de mes deux suiveurs, et je les ai entraînés, comme l'avait fait Charles à Paris, dans une arrière-cour où je les ai attendus pour les éliminer. C'était la première fois que je tuais depuis le début de la guerre, mais je n'ai pas hésité, car trop de nos hommes étaient menacés, et le SOE nous avait appris à nous montrer impitoyables en de telles circonstances.

J'ai pu alerter Ravanel en déposant un message dans une boîte aux lettres de la rue des Arcs-Saint-Cyprien, et j'ai repris l'avion en banlieue, dans un champ de Villeneuve-Tolosane. J'ai appris peu après d'Hamilton que grâce à ce message Ravanel avait pu se sauver et faire éliminer le traître qu'il suspectait depuis quelque temps.

23

À Londres, je n'ai pas revu Charles, et le temps m'a paru long jusqu'à la mi-septembre, où j'ai été envoyé à Bordeaux afin d'organiser la formation d'agents destinés à encadrer les jeunes réfractaires au STO qui rejoignaient en nombre les maquis. J'ai été parachuté dans la banlieue de Libourne et j'ai gagné par le train la grande ville où nous avions été étudiants, Charles et moi, tout à fait persuadé que j'étais protégé par ma fausse identité.

Je l'étais, certes, et d'autant plus que je me trouvais dans la région où j'étais censé exercer mon métier de négociant en vins, mais je ne pouvais pas savoir qu'un agent de liaison avait été arrêté quarante-huit heures plus tôt au cours d'un contrôle de routine et que la police avait trouvé sur lui un agenda avec des adresses de boîtes aux lettres. Elle avait organisé aussitôt des souricières, dont l'une précisément concernait le 24 de la rue Sainte-Cécile, dans le quartier de Mériadeck, où j'avais rendez-vous avec un nommé Mascaret, le chef régional de l'Armée secrète.

Il s'y trouvait, mais il n'était pas seul. À peine avais-je frappé trois coups brefs à la porte d'un appartement du premier étage qu'une voix a crié « entrez », et je n'ai même pas eu le temps d'esquisser le moindre geste en découvrant un homme attaché sur une chaise et deux policiers français en uniforme qui se sont précipités vers moi en lançant :

— Police française ! Pas un geste ou vous êtes mort. Suivez-nous !

Deux autres policiers sont sortis de la chambre d'à côté et ont délié Mascaret en le maintenant solidement, puis les quatre hommes nous ont poussés hors de l'appartement et nous ont conduits dans des tractions garées à proximité. Il y avait du monde dans les rues, il faisait beau et chaud, mais tout en me demandant quelle erreur j'avais bien pu commettre, je me sentais déjà étranger au monde des vivants, dont le regard passait négligemment sur la voiture où j'avais les bras menottés dans le dos. Mascaret se trouvait dans la deuxième traction. Je ne pouvais pas échanger le moindre regard avec lui, mais j'étais persuadé qu'il n'était coupable de rien.

Nous avons traversé la rue Judaïque où nous avions loué un appartement, Charles et moi, il y avait très longtemps, me semblait-il, et j'ai pensé alors que nous ne revivrions sans doute jamais ce bonheur d'être libres dans une grande ville qui nous offrait tout ce que nous avions espéré. J'ai même baissé les yeux vers ce bouton de ma veste où était dissimulée la pilule de cyanure de potassium qui pouvait me délivrer des pires souffrances, mais je n'y ai pas songé sérieusement. Il me fallait surtout imaginer un système de défense simple et inattaquable, mais je n'en ai guère eu le temps, car la rue Judaïque ne se situait pas loin de l'hôtel de police où je me suis retrouvé assis au rez-de-chaussée, en compagnie d'une dizaine d'hommes dont la présence prouvait l'efficacité du coup de filet. Je n'étais donc pas visé personnellement. Je pouvais m'appuyer sans crainte sur ma fausse identité, du moins je le croyais.

J'ai attendu près d'une heure au milieu d'une agitation de ruche au travail, puis j'ai été introduit dans un bureau poussiéreux, les mains toujours entravées, où l'on m'a fait asseoir face à un inspecteur d'une cinquantaine d'années qui n'avait pas du tout l'aspect menaçant que j'avais imaginé si souvent. C'était un homme corpulent, aux traits lourds et aux yeux couleur de noisette. Il m'a interrogé calmement, mais avec un souci du détail qui m'a mis mal à l'aise. Comment se faisait-il que j'aie eu rendez-vous avec le nommé Mascaret rue Sainte-Cécile ? Je m'en suis tenu à l'explication la plus simple : je le connaissais depuis longtemps et j'avais rendez-vous avec lui parce qu'il voulait passer une commande de vins de Saint-Émilion.

— Vous ne saviez pas qu'il avait des activités terroristes ?

— Pas du tout.

— Il vous passait des commandes depuis quand ?

— Deux ans. M. Tardets, mon employeur, vous le confirmera.

— Je le souhaite pour vous.

Il ne paraissait pas vraiment hostile, cet inspecteur, et il m'a semblé qu'il ne faisait pas de zèle. Peut-être nourrissait-il quelque sympathie pour la Résistance, c'est ce que j'ai pensé avant d'être conduit, en milieu d'après-midi, au fort du Hâ où j'ai retrouvé Mascaret et d'autres hommes qui semblaient se connaître.

Ils parlaient peu, ayant peur des mouchards que la police introduisait dans les cellules afin d'obtenir les renseignements que les résistants, préparés au pire, ne lâchaient pas facilement.

Quinze jours ont passé, dans une fraternité réconfortante bien que je ne connusse pas les autres prisonniers. Mais eux se comportaient comme s'ils me connaissaient : sans doute Mascaret les avait-il renseignés, car je sentais chez eux plus que de la sympathie : un profond respect. Certains étaient interrogés à tour de rôle par la police française, puis ils disparaissaient et on les revoyait rarement. J'ai compris pourquoi quand la porte de la cellule s'est ouverte et que j'ai été conduit devant l'inspecteur que j'avais déjà vu. Il m'a dit d'une voix contrariée :

— La Gestapo veut vous interroger.

Et, comme je ne réagissais pas, ne sachant ce que signifiait une telle confrontation :

— Je suis obligé de leur transmettre tous les dossiers. Désolé.

J'ai eu la conviction qu'il entretenait des liens avec l'Armée secrète, mais en même temps j'ai été persuadé qu'il ne pouvait plus rien faire pour moi. Et je me suis retrouvé dans une traction qui m'a emmené au siège de la Gestapo, 197, route du Médoc (rebaptisée depuis peu boulevard du Maréchal-Pétain), en me demandant ce qui avait bien pu l'alerter dans ma fausse identité. Là, j'ai attendu presque une heure sur un palier gardé par deux soldats armés de mitraillettes, puis un troisième m'a introduit dans un bureau où s'est levé un officier blond aux fines lunettes et aux yeux d'un bleu métallique qui m'ont fait penser à ceux d'Hamilton.

Dès ses premières questions, j'ai deviné qu'il me soupçonnait d'être un agent du SOE et que la partie ne serait pas facile. Mais d'où provenaient ces soupçons ? À quel moment avais-je fait une erreur susceptible de me trahir ? Certes, j'avais beaucoup circulé en Dordogne, mais j'avais une totale confiance dans le groupe d'Abel à Salignac et celui de Bertrand à Périgueux. J'ai compris au bout d'un moment qu'il n'avait pas de preuve formelle, mais que son intention était de me faire perdre mes moyens.

— Vous voyagez beaucoup, monsieur, et vous rencontrez beaucoup de monde. Je suppose que vous possédez la liste de vos clients.

— Oui. En effet.

— Vous allez donc pouvoir me la donner.

— Je ne la mets à jour qu'une fois par semaine et je l'envoie à mon patron.

— M. Tardets ?

— Oui. À Saint-Émilion.

— Nous allons vérifier tout ça.

Ensuite, il m'a posé des questions sur mes origines à Sarlat, mes études à Périgueux puis à Bordeaux. J'ai été convaincu qu'il avait enquêté à mon sujet depuis qu'il avait reçu mon dossier. Autant que pour mes parents, je me suis inquiété pour Jeanne et Firmin, pour Charles et pour Séverine, mais il n'y a pas fait allusion.

C'est avec un grand soulagement que je me suis retrouvé dans la cellule avec mes camarades qui m'ont paru rassurés de me voir revenir indemne, car ils savaient qu'au 197, route du Médoc sévissait l'officier allemand Dohse, qui traquait en priorité les agents venus de Londres. J'ai pu échanger quelques mots avec Mascaret qui m'a glissé à l'oreille :

— Demain matin, jette-toi au sol en râlant et en te tenant le ventre. Je suis médecin : je leur dirai qu'il s'agit d'une occlusion intestinale. Ils te conduiront à l'hôpital Saint-Jean et là les nôtres interviendront.

Je l'ai remercié à voix basse, mais il m'a fait signe de me taire, en ajoutant :

— On l'a déjà fait, et ça a marché.

Effectivement, le lendemain, les prisonniers ont tambouriné à la porte dès que je me suis jeté au sol, et le gardien est allé prévenir le médecin de la prison qui a émis le même diagnostic que Mascaret. Sans doute travaillait-il aussi pour la Résistance, car j'ai été expédié aussitôt à l'hôpital où j'ai été examiné par un nouveau médecin qui a tiré de mon état les mêmes conclusions. Une infirmière m'a fait une piqûre, une autre s'est occupée de moi, mais sans grande conviction, m'a-t-il semblé, et une fois de plus j'ai eu l'impression d'être entouré par tout un réseau de connivences et de solidarité.

J'ai passé là une nuit, mais dès le lendemain matin j'ai entendu un grand vacarme dans le couloir gardé par deux gendarmes français, et deux policiers allemands ont surgi dans la grande salle où étaient allongés une trentaine de malades et se sont dirigés vers moi. Malgré les protestations des infirmières, ils m'ont obligé à me lever et à m'habiller sans ménagement, ce que j'ai fait sans appréhension car j'ai réalisé que leurs mitraillettes étaient des Sten anglaises. Puis ils m'ont entraîné dehors, non sans avoir produit devant le médecin alerté un ordre de mission en allemand en bonne et due forme.

Cinq minutes plus tard, j'étais dehors, libre entre ces faux agents de la Gestapo, à l'arrière d'une traction dont le chauffeur nous a conduits dans le quartier de Mériadeck. Ils étaient trois, donc, et parmi eux se trouvait le correspondant à Bordeaux de Bertrand qui avait été mis au courant de mon arrestation. À peine ai-je eu le temps de le remercier qu'il m'a dit d'une voix qui m'a paru inquiétante :

— J'ai un message pour vous, de la part de Bertrand.

J'étais loin d'imaginer ce qui allait suivre et me dévaster aussitôt, comme si le monde s'écroulait autour de moi. Il m'a alors expliqué ce qui s'était passé à Périgueux le 9 octobre, à vingt heures quinze. Trois engins avaient explosé simultanément : un devant les bureaux de la police allemande et deux autres rue Louis-Mie, au bas des portes de l'hôtel de commerce où était installée la Kommandantur. Le lendemain, dix-sept personnes avaient été arrêtées lors d'une rafle, parmi lesquelles celle dont le nom de code était Julienne, qui n'avait pu être prévenue à temps et donc était venue chercher des fausses cartes d'identité à la préfecture, comme elle en avait l'habitude. La Gestapo avait trouvé ces cartes sur elle, et elle avait été arrêtée, puis torturée mais n'avait pas parlé.

Mon Dieu ! Julienne ! Séverine ! Je ne pouvais le croire. Comment n'avait-elle pas été prévenue ?

— Bertrand n'était pas au courant du jour des

attentats décidés par les FTP. Il a été mis devant le fait accompli. Il a essayé dans la nuit d'aller l'avertir de ne pas se rendre à Périgueux, mais il y avait des barrages partout, et il n'a pas pu y arriver.

— Et les postes émetteurs ? ai-je demandé. Il y en avait un près de Julienne.

— Tout était brouillé pour préparer la rafle. Rien ne passait.

Et comme je demeurais accablé, l'ami de Bertrand a ajouté :

— Elle a été transférée à Drancy. Bertrand n'a rien pu faire. C'était trop dangereux. Les Allemands étaient devenus fous.

Complètement anéanti, j'ai dû patienter une semaine interminable dans une maison du Bouscat, avant d'être conduit vers une prairie située à l'écart de la nationale de Bayonne, où j'ai repris l'avion pour Londres, en essayant d'entretenir en moi le mince espoir qu'il y ait eu confusion entre deux agents, ce sombre jour d'octobre, à Périgueux.

24

Hélas ! Dès mon retour, à la mi-novembre, j'ai trouvé dans l'appartement une lettre qui m'était destinée. Elle avait été écrite par Charles quelques jours plus tôt, avant un nouveau départ pour la France. Cette lettre ne m'a jamais quitté et elle est encore intacte aujourd'hui, parfaitement lisible sous mes yeux, si longtemps plus tard :

« Mon cher Antoine, mon cher ami,

J'ai appris que Séverine se trouvait à Drancy après avoir été torturée à Périgueux. Je sais qu'elle ne reviendra pas : elle était très faible, quand on l'a emmenée, car elle avait perdu beaucoup de sang. Un témoin a dit qu'il l'avait crue morte en la voyant passer sur son brancard. Il est impossible qu'elle survive à ce qu'elle a subi. Et je ne veux pas qu'elle demeure seule, perdue loin de moi, dans cette souffrance qui est aujourd'hui la sienne. Aussi j'ai décidé de la précéder dans la mort afin de l'accueillir pour toujours. Tu te souviens des vers d'Apollinaire qu'elle récitait souvent ?

> *Nous ne nous verrons plus sur terre*
> *Odeur du temps brin de bruyère*
> *Et souviens-toi que je t'attends*

Antoine ! Ce n'est pas elle qui va attendre, mais moi. Je te le dis, sans peur et sans remords : lors de ma prochaine mission, mon parachute ne s'ouvrira pas. Ne m'en veux pas, Antoine, et pense seulement que pour nous deux, réunis dans cet ailleurs que nous connaîtrons bientôt, il fera beau demain.

Je t'embrasse, mon ami, mon frère, en te demandant de penser à nous sans chagrin. Souviens-toi du peuple des Thraces qui pleuraient à la naissance de leurs proches, et qui fêtaient leur mort. Je sais que tu ne manques pas de courage, et que tu achèveras, toi, la mission que nous nous étions promis de mener à bien : libérer la France du joug qui pèse sur elle. J'ai confiance en toi et je te serre dans mes bras pour la dernière fois sur cette terre. Je ne veux pas la faire attendre. Je suis sûr que tu me comprends et que tu m'approuves, car tu l'as connue aussi bien que moi et tu sais que l'on ne peut pas abandonner un tel être dans la solitude et la douleur.

Adieu, donc ! Et pense à nous souvent !
Charles Descombes »

Je n'ai pas dormi de la nuit, et j'ai couru le lendemain de bonne heure à Portman Square pour interroger Hamilton, en espérant que Charles n'avait pas mis son projet à exécution. Hélas ! Hamilton m'a confirmé qu'il s'était écrasé au sol, comme Charles me l'avait annoncé, dans la banlieue de Clermont-Ferrand où il avait été envoyé en mission avec Sainteny. Hamilton attendait le retour de ce dernier pour en savoir plus.

— Mais peut-être vous-même, qui le connaissiez bien, pouvez m'apporter des éclaircissements !

— Non ! Je ne sais rien.

Je n'avais pas du tout envie de lui parler de la lettre de Charles et de l'arrestation de Séverine. Il me semblait que tout cela m'appartenait en propre, que rien ni personne ne devait venir le souiller.

— Je vous convoquerai quand j'aurai fait la lumière sur cette affaire, a conclu Hamilton en me congédiant.

Trois jours plus tard – trois jours pour moi d'attente insoutenable –, Sainteny est revenu mais il n'a pas pu m'apporter le moindre élément nouveau. Pour lui, Charles n'avait pu réussir à ouvrir son parachute, et il s'était écrasé au sol.

— Qu'est devenu son corps ? lui ai-je demandé.

— Les résistants de Clermont l'ont récupéré et l'ont enseveli de nuit dans un cimetière.

Le lendemain du retour de Sainteny, Hamilton m'a convoqué une nouvelle fois, en présence du colonel Buckmaster. Ils se sont dits désolés de n'avoir aucun élément nouveau à m'apporter. Je leur ai alors demandé si les parents de Charles avaient été prévenus.

— Non. C'est impossible, vous le savez bien.

— Alors je veux aller les rencontrer. Renvoyez-moi en mission là-bas.

— Vous irez quand vous aurez retrouvé le contrôle de vous-même.

— Je suis parfaitement calme et je peux…

— Dans huit jours, a tranché Buckmaster.

Cette intransigeance m'a poussé à prendre une résolution que j'étais bien décidé à leur cacher : une fois en Dordogne, je ne retournerais plus à Londres. Et c'est ce que j'ai fait, dès le mois de novembre, en trouvant refuge chez Jeanne et Firmin, d'où je pouvais m'échapper la nuit pour me rendre chez Abel, à Salignac, où nous avons préparé un deuxième parachutage dont les armes devaient absolument rester en notre possession.

J'en ai également profité pour aller à Sarlat, malgré les risques, afin de prévenir les parents de Charles et en leur donnant tous les renseignements nécessaires au sujet de leur fils. En effet, Sainteny avait consenti à me confier le nom de code d'un des responsables de l'Armée secrète en Auvergne, et le lieu où Charles avait été enseveli. Le père de Charles était un homme rude et fier, qui ne s'est pas écroulé en apprenant la nouvelle de la mort de son fils, mais il n'en a pas été de même pour sa mère qui s'est évanouie. Je suis resté avec eux toute la nuit pour leur raconter tout ce que nous avions vécu ensemble, et j'ai eu l'impression qu'ils en étaient réconfortés : leur fils avait lutté de toutes ses forces contre l'occupant nazi, il s'était donné les moyens de vaincre, et il était mort pour son pays.

Pourquoi ne leur ai-je pas parlé de sa dernière lettre ? Sans doute parce que je n'ai pas voulu leur avouer qu'il avait quitté la vie volontairement. Ils ne l'auraient peut-être pas supporté, en tout cas moins que le fait de savoir qu'il était mort en mission, et donc en héros. Je les ai soutenus de mon mieux pendant la journée qui a suivi, puis je me suis rendu chez mes parents au cours de la nuit suivante, pour les rassurer et les informer que désormais je resterais en Dordogne. Je n'ai pas pu faire autrement que de leur apprendre la disparition de Charles, et ma mère et mon père m'ont promis de veiller sur les parents de celui qui me manquait tant.

Chez Abel, j'ai rencontré Bertrand, venu à ma demande depuis Périgueux, et il m'a raconté cette terrible journée de la rafle du 9 octobre où Séverine avait été arrêtée. Sachant les liens qui l'unissaient à Charles et à moi-même, il s'est confondu en excuses pour n'avoir pu intervenir à temps.

— Et aujourd'hui, ai-je demandé, sais-tu où elle se trouve ?

— À Auschwitz. Elle est partie par le convoi numéro 64.

— Elle est donc encore en vie ?

— Elle l'était aux dernières nouvelles.

Et il a ajouté, d'une voix à peine perceptible, car il connaissait Séverine depuis longtemps et il se sentait coupable de n'avoir pu la sauver :

— Mais elle était en très mauvais état. Un des nôtres l'a vue juste avant son départ pour Drancy, via Limoges... Je suis désolé.

À lui non plus je n'ai pu révéler la vérité sur la mort de Charles. Il était important que tout le monde croie à un accident : cela grandissait sa mémoire et en faisait un exemple pour tous. Mais la lettre de mon ami m'engageait également à poursuivre le combat jusqu'à la victoire, et je savais que je ne pouvais pas me dérober à cet ultime devoir de mémoire et de fidélité. J'ai donc tenté d'oublier et je suis reparti sur le chemin périlleux sur lequel nous nous étions engagés, Charles et moi, tout en m'efforçant de croire qu'il poursuivait le combat ailleurs, auprès de Séverine.

25

À la fin de cette année-là, Hamilton m'a envoyé Sainteny pour me ramener à la raison : il m'ordonnait de rentrer à Londres. J'ai répondu simplement, comme Charles l'avait fait une fois au sujet de Séverine, que je serais plus utile sur le terrain, en Dordogne, que n'importe où ailleurs. Et dès le début de l'année 1944, en parfaite unité de pensée avec Bertrand, nous nous sommes rapprochés du Bureau central de renseignements et d'action (le BCRA) créé par de Gaulle, dont je suis devenu aussitôt le délégué militaire régional avec l'approbation des FFI qui tous connaissaient mon action. Je n'ai jamais eu l'impression de trahir le SOE : nous avions suffisamment travaillé pour lui, avec Charles, et il me paraissait important, désormais, de me rapprocher de celui qui avait été longtemps mésestimé par les Anglais.

Le sabotage des voies ferrées et des usines travaillant pour les Allemands, les attentats contre les collaborateurs et la présence de plus en plus active des différents groupes de résistance ont provoqué l'arrivée, au printemps 1944, de la division Brehmer pour pacifier la région. Les rafles, les assassinats et les déportations ont repris de plus belle à l'encontre d'une population qui faisait front contre la cruauté des nazis. J'ai moi-même échappé de peu à une rafle le 16 mars, à Saint-Pierre-de-Chignac, où j'étais allé pour me renseigner auprès de notre responsable local au sujet d'une première rafle qui avait eu lieu le 4 mars.

Heureusement, l'espoir d'un débarquement des Alliés augmentait de jour en jour et nous guettions avec impatience le message de Londres qui devait l'annoncer. Un soir, enfin, nous avons entendu celui que nous espérions tant :

> *Les sanglots longs*
> *Des violons*
> *De l'automne*
> *Blessent mon cœur*
> *D'une langueur*
> *Monotone.*

Le 6 au matin, nous étions prêts à agir à l'arrière des occupants afin de favoriser la réussite du débarquement en Normandie. Ce que nous avons fait en attaquant les convois ennemis sur les routes et en faisant sauter les voies ferrées. Malheureusement, si la division Brehmer était repartie, la Das Reich basée à Montauban a commencé à remonter vers la Normandie pour prêter main-forte aux troupes allemandes qui luttaient pied à pied contre les Alliés.

La Dordogne, comme le Lot, la Corrèze et la Haute-Vienne, a payé un lourd tribut à cette division conduite par des soldats rendus fous par les attaques de retardement : ce fut le cas à Tulle, Oradour, et en Dordogne, dans de nombreux villages – mais aussi à Périgueux, où quarante-cinq personnes, dont dix israélites, ont été exécutées. Nous avons lutté contre la folie furieuse des SS, mais nous ne pouvions pas être partout, et ils se battaient avec l'énergie du désespoir. Heureusement, la libération de la ville a mis fin à ces exactions, et j'ai pu à la fin août aller passer quelques jours de repos à Aubas, où, grâce au Ciel, ni Firmin ni Jeanne n'avaient eu à souffrir de cette maudite Das Reich, dont j'ai appris après coup que la plupart de ses soldats avaient sévi de la même manière en URSS, avant d'être rapatriés en France.

26

Je n'aurais sans doute jamais dû revenir à Aubas, car subitement, après être sorti de l'action, le plus profond chagrin m'a submergé. Autour de moi, tout me rappelait Charles et Séverine. Les chemins, les routes, les champs, les prés, la rivière me parlaient d'eux et je me demandais encore comment j'avais pu les perdre. J'ai sombré dans un abattement complet qui a failli me détruire devant les yeux incrédules de Jeanne et de Firmin désolés de ne savoir que faire pour m'aider. Mes parents, appelés par eux au secours, n'y sont pas parvenus davantage. Il m'a semblé alors que la seule manière de rester debout était de continuer le combat, comme Charles me l'avait demandé dans sa lettre. C'est ce que j'ai fait, et heureusement, car à Aubas j'aurais sombré dans le plus grand désespoir, et qui sait si je n'y aurais pas succombé.

Je me suis alors engagé dans la 10e division de la Première armée de De Lattre qui accueillait les FFI désireux de poursuivre la lutte. J'y ai côtoyé des compagnons qui avaient fait le même choix que moi, et dont la présence m'a été précieuse. À leurs côtés, dès la fin de l'année 1944, j'ai participé à la libération de l'Alsace où les combats ont été féroces, surtout lors d'une offensive dans la trouée de Belfort qui a permis de déboucher sur Mulhouse. Ensuite, nous avons libéré Strasbourg le 23 novembre, mais en décembre les nazis ont lancé une offensive de la dernière chance, aussi violente que désespérée, et ce n'est qu'en février 1945, après un hiver terrible dans la neige et le froid, que nous avons pu atteindre Colmar.

Je dois dire que je me suis battu sans me soucier de mourir. Et même parfois, au plus fort des combats, j'ai consenti à disparaître en songeant qu'ainsi je pourrais rejoindre Charles et Séverine. Le sort en a décidé autrement. Si je suis encore vivant, si longtemps plus tard, je ne le dois qu'à la chance. Je me souviens particulièrement d'un soir où les deux chars Sherman proches du mien ont explosé sous les bombes ennemies. Pourquoi ai-je échappé à la mort ce jour-là ? Était-ce Charles ou Séverine qui veillait sur moi ? Il m'a semblé que peut-être ils souhaitaient être seuls, enfin, pour vivre leur autre vie, et qu'ils n'avaient plus besoin de moi. Car je ne doutais pas, à ce moment-là, que Séverine l'eût rejoint et je le souhaitais sincèrement pour elle, persuadé qu'alors elle ne souffrirait plus.

Une fois en Allemagne, après avoir franchi la frontière sur le Rhin, j'ai compris que cela ne me suffirait pas : il me fallait aller jusqu'au bout, anéantir ces nazis qui nous avaient volé notre jeunesse, et ce bonheur fou auquel nous avions droit. Dans l'odeur entêtante d'essence et d'huile du char Sherman où j'étais confiné, c'est à peine si j'apercevais la vallée du Danube où les arbres commençaient à se vêtir des couleurs du printemps – à peine, également, si j'entendais le grondement assourdissant des autres chars lancés sur la rive gauche qui étincelait dans les rayons fragiles du soleil. De temps en temps le grand fleuve apparaissait entre des saules et des peupliers, et le convoi faisait de nombreuses haltes pour se repérer. En effet, tous les panneaux indicateurs avaient été détruits par les jusqu'au-boutistes nazis, très jeunes pour la plupart, qui se sacrifiaient inutilement pour un monstre tapi dans Berlin, et qui n'allait pas tarder à se suicider.

Au printemps, après bien des tergiversations entre de Gaulle et les Alliés, la Première armée a été autorisée à poursuivre sa route vers la Bavière, où nulle résistance ne s'est manifestée, du moins avant la banlieue de Munich. Là, les combats ont été rudes mais ils n'ont pas duré longtemps. Une fois la ville reconquise, nous sommes remontés vers le nord, et en découvrant avec effroi un camp d'extermination du nom de Dachau, j'ai souhaité que Séverine ait vraiment rejoint Charles.

Ce que j'ai vu en ces lieux funestes, ce que j'ai appris des bouches décharnées, des yeux hagards, des membres grêles dont les genoux et les coudes saillaient, c'est que s'était produite ici la plus grande abomination que l'humanité ait fomentée contre elle-même. Quelque chose d'inimaginable au commun des mortels, conçu par des esprits doués seulement de folie furieuse. J'ai souhaité de toutes mes forces que Séverine ait échappé à ces atrocités. Et moi qui ne priais guère, j'ai prié pour cela.

J'ai participé à une mission sanitaire, afin d'aider ces fantômes humains à tenir debout et à se nourrir, mais je n'ai pu y rester longtemps, car à chaque instant je redoutais de découvrir Séverine. Alors j'ai regagné mon bataillon qui est remonté vers Berlin, où les Russes, les Américains et les Anglais s'étaient partagé les différents secteurs de la ville. C'est là, le matin du 8 mai 1945, que nous avons appris la capitulation de l'Allemagne : une capitulation contresignée par de Lattre de Tassigny, pour la plus grande fierté des Français que nous étions.

Je m'étais engagé pour la durée de la guerre, mais j'ai dû patienter deux mois avant de pouvoir regagner la France, c'est-à-dire à la mi-juillet, après un périple en train qui m'a paru ne jamais devoir finir. À Paris, où j'ai dû attendre huit jours ma feuille de démobilisation, j'ai entendu dire que tous les rapatriés des camps transitaient par l'hôtel Lutetia où, il y avait deux ans, en compagnie de Charles, j'avais guetté un traître à la solde de l'Abwehr. Les temps avaient bien changé et je ne pouvais que m'en réjouir. Je n'ai pas pu m'empêcher d'aller hanter ces lieux, et de me renseigner au sujet de Séverine, mais je dois avouer que c'était uniquement pour me persuader définitivement qu'elle n'avait pu revenir.

Lors de ma deuxième tentative, j'ai pu avoir accès à une responsable qui, dans mon souvenir, portait un uniforme de la Croix-Rouge. Elle a sorti des listes d'un tiroir et m'a dit d'une voix froide, sans se douter qu'elle me précipitait vers un abîme, qu'une nommée Séverine Vidalie était hospitalisée à l'hôpital de la Pitié-Salpêtrière. Elle avait été déportée à Auschwitz, puis à Birkenau, enfin à Bergen-Belsen.

De là, elle avait été transférée par les derniers nazis jusqu'en Tchécoslovaquie.

Elle a ajouté, après m'avoir demandé si j'avais des liens de parenté avec elle :

— Elle va très mal. Elle était très faible et on ne sait pas si elle retrouvera la raison.

« Si elle retrouvera la raison » ! Ces quelques mots n'ont cessé de tourbillonner dans ma tête, alors que je tentais de me persuader que je ne les avais pas entendus. Comment suis-je allé du Lutetia à l'hôpital ? Je ne sais plus. Peut-être ai-je couru, peut-être ai-je pris le métro ? Non. Je ne sais plus. Ce que je sais, c'est que j'ai dû patienter là-bas plus d'une heure avant de recevoir l'autorisation de la voir et que jamais je ne me serais attendu à un tel choc. C'était bien Séverine, méconnaissable avec ses cheveux courts, son corps si maigre, ses bras décharnés, et un air hagard qui la rendait si fragile que j'ai eu peur de m'approcher. Seul le velours de ses yeux noirs était demeuré le même, mais aucune lumière n'y brillait.

Quand enfin je lui ai pris les mains – doucement, très doucement –, une sorte de sourire est passé sur ses lèvres qui ont murmuré :

— Charles !

— Non, ai-je dit, je suis Antoine. Tu sais, rappelle-toi : Antoine, son ami.

Mais elle a répété :

— Charles, Charles...

Et elle s'est blottie dans mes bras.

27

J'ai alors compris que je ne devais pas éteindre la faible lueur de vie qui brasillait en elle, et j'ai accepté de devenir Charles, en espérant la sauver de la folie dans laquelle elle se perdait. Et je suis revenu chaque jour la voir jusqu'au moment où j'ai obtenu l'autorisation de la ramener en Dordogne, chez ses parents, en m'engageant à ne pas la quitter. Les hôpitaux étaient pleins, les médecins débordés, et les services sanitaires se débattaient pour retrouver les membres des familles de ceux qui revenaient après être sortis de l'enfer. Comme personne ne se manifestait à son sujet, ils ont fini par me la confier.

Je n'ai pas eu de difficulté à prendre le train avec elle, car elle se laissait conduire sagement, en murmurant de temps en temps :

— Charles... Charles...

Je l'ai conduite chez ses parents où son père était mort pendant les combats de la Résistance. Sa mère, à bout de forces et de chagrin, n'était pas en état de veiller sur elle. Alors je l'ai gardée. Sans une hésitation. Mes responsabilités pendant la Résistance et un premier certificat de licence réussi à Bordeaux m'ont permis d'obtenir un poste de maître d'école à La Bachellerie, à proximité de Terrasson-la-Villedieu :

un village qui avait souffert en 1944 des atrocités de la division Das Reich.

Je m'y suis installé rapidement, bien aidé par le maire qui me connaissait, parce qu'il avait participé aux actions du « réseau Bertrand ». Je faisais la classe la journée, mais je remontais voir Séverine dès que j'avais cinq minutes, et elle m'accueillait toujours en murmurant :

— Charles, Charles...

Ainsi a commencé une autre vie, pour elle comme pour moi, et nous avons passé des heures l'un près de l'autre au cours de l'automne d'après, dans une intimité qui m'a fait souvent me souvenir de celle où nous nous étions trouvés en l'absence de Charles qui avait été arrêté. J'ai lutté près d'elle, je me suis battu à ses côtés, je me suis efforcé de beaucoup lui parler, de la réchauffer, j'ai même dormi à ses côtés quand je l'entendais gémir dans sa chambre, je l'ai fait manger à la cuillère, je lui ai tenu la main en espérant qu'elle retrouverait la raison.

L'hiver qui a suivi a été bien difficile à traverser, car elle demeurait fragile, mais il m'a semblé à plusieurs reprises qu'elle revenait vers le monde au sein duquel nous vivions désormais. Quand les élèves étaient partis, je la conduisais dans la salle de classe en espérant qu'en retrouvant les odeurs, les livres, les cahiers, le poêle, les cartes sur les murs elle redeviendrait elle-même.

Je l'ai incitée à s'asseoir à mon bureau qui était semblable à celui qu'elle occupait dans son premier poste de maîtresse d'école, je l'ai aidée à écrire des lettres au tableau, à lire un texte à haute voix, et elle m'écoutait en levant sur moi un regard qui trahissait le plus souvent une incompréhension douloureuse.

En décembre, à Noël, je l'ai emmenée chez Jeanne et Firmin, à Aubas. Je leur avais expliqué qui elle était et ce qui lui était arrivé, et ils n'avaient fait aucune difficulté pour l'accueillir. Mes parents nous ont rejoints le 24 après-midi et se sont efforcés de se conduire avec elle comme avec une personne normale. Nous avons réveillonné ensemble, puis Jeanne et ma mère sont parties à la messe de minuit en emmenant Séverine. À leur retour, elles m'ont raconté qu'elle avait souri, souvent, aux chants liturgiques et à la lumière des lustres vers lesquels elle levait sans cesse son visage. Mes parents sont repartis le lendemain, et, quand ils nous ont embrassés, j'ai compris qu'ils étaient inquiets pour moi autant que pour elle.

Nous ne sommes pas rentrés à l'école, mais, au contraire, nous sommes restés jusqu'à la fin des vacances près de Jeanne et de Firmin, parce que j'avais acquis la conviction qu'en leur présence, Séverine allait mieux. Un jour, quand Jeanne m'a appelé par mon prénom : Antoine, Séverine a tressailli et m'a regardé, m'a-t-il semblé, avec un regard différent, comme si elle cherchait dans une mémoire obscure qui était cet Antoine. Le lendemain, je l'ai conduite vers la digue, et je lui ai rappelé ce qu'il s'était passé là, il y avait près de dix ans. Elle m'a paru heureuse, en tout cas elle a perdu ce masque de douleur qui figeait désormais ses traits. Et ce jour-là, j'ai vraiment repris espoir, d'autant qu'elle semblait nouer avec Jeanne un lien nouveau : certes, elle ne lui répondait pas, mais elle l'écoutait avec une attention émouvante, même s'il s'agissait de propos anodins, mais toujours empreints de cette douceur qui lui était familière.

— Elle va s'habituer, j'en suis sûre, m'a dit Jeanne, quand nous sommes repartis vers La Bachellerie, début janvier.

À partir de ce jour, j'ai saisi toutes les occasions pour retourner à Aubas le plus souvent possible : à Pâques d'abord, et, à partir des beaux jours, le dimanche et le jeudi. Séverine reprenait goût à la vie, même si ses yeux demeuraient le plus souvent orientés vers un univers qu'elle était seule à apercevoir. J'ai tenté de me convaincre que passer deux mois et demi, l'été venu, chez Jeanne et Firmin la rapatrierait tout à fait vers les champs et les prés au milieu desquels elle avait grandi, et nous sommes revenus à Aubas dès la mi-juillet, au lendemain de la date des grandes vacances. Ce fut un bel été, très sec et sans orages, mais avec assez de fraîcheur la nuit pour faire tomber la température. Nous avons fait les foins, engrangé, moissonné, retrouvé ces gestes qui nous avaient rendus si heureux elle et moi, auprès de cet homme et de cette femme qui embellissaient la vie chaque jour. Séverine ne parlait toujours pas, mais elle souriait, à table, quand Jeanne lui disait :

— Mange, ma belle ! Tu en as besoin.

Je pensais la partie gagnée quand nous sommes rentrés à La Bachellerie, en octobre, et, de fait, Séverine avait repris goût à la lecture, aux enfants qu'elle regardait souvent par la fenêtre, au moment de la récréation, et qui l'avaient adoptée sans poser de questions. Parfois même elle venait s'asseoir au fond de la classe, m'écoutait, paraissait s'intéresser aux questions et aux réponses des uns et des autres, comme si rien de tout cela ne lui était inconnu.

Tout allait le mieux possible, quand je l'ai retrouvée un soir en larmes, avec dans les mains un livre de poèmes où figurait celui que nous connaissions si bien :

> *Nous ne nous verrons plus sur terre*
> *Odeur du temps brin de bruyère*
> *Et souviens-toi que je t'attends*

À cette page-là, j'avais glissé la dernière lettre de Charles, sans me douter qu'un jour elle ouvrirait ce livre soigneusement dissimulé au fond d'un tiroir.

J'ai compris, ce soir-là, que tout était perdu. Elle a cessé de se nourrir, de se lever, et je me suis demandé si j'avais le droit d'agir comme je l'avais fait depuis un an. Peu à peu s'est confortée en moi l'idée que, sans doute, elle s'était persuadée que Charles l'attendait quelque part et que je ne pouvais plus la retenir.

En décembre, il a fait très froid, et, bien qu'elle ait repris des forces depuis notre arrivée, elle est tombée malade. J'aurais dû appeler le médecin du village, mais je ne l'ai pas fait. Je l'ai laissée mourir, afin qu'elle puisse retrouver celui qui lui manquait tant.

Voilà mon secret, celui que je n'ai jusqu'à ce jour jamais dévoilé à personne. Je n'ai rien fait pour la sauver. Je l'ai laissée mourir. Un matin, livide et froide comme l'hiver, elle avait cessé de respirer.

28

À l'heure où j'achève d'écrire ces lignes, alors que bien des années se sont écoulées, je ne le regrette pas davantage que je ne l'ai regretté un seul jour de ma vie. J'aperçois par la fenêtre ouverte les grands peupliers qui bordent la rivière où nous allions nous baigner, Séverine, Charles et moi, et que j'ai pu rejoindre après une longue vie de travail. En cette fin d'année 2010, j'ai quatre-vingt-dix ans, et j'ai jugé qu'il était temps de livrer ce secret, certes pour m'en délivrer, mais aussi pour montrer combien deux êtres peuvent se confondre et n'exister plus que par l'autre.

Une seule personne le connaît, ce secret : ma femme, que j'ai rencontrée à Bordeaux en reprenant mes études de droit. Je l'ai épousée en 1951, après m'être installé comme avocat dans cette ville que j'aime en me souvenant de notre complicité avec Charles dans la rue Judaïque. Nous y avons vécu heureux, pas loin des rives de la Garonne, car les eaux des fleuves et des rivières ont toujours été pour moi source de bonheur et elles le demeurent. Pour mon épouse également, qui est née, elle, non pas près de la Vézère mais sur les rives de la Dordogne. Sans doute est-ce pour cette raison que nous nous sommes trouvés à Bordeaux, fidèles à ce dicton des gens du fleuve selon lequel « le cœur va où vont les rivières ».

J'ai eu deux enfants et de nombreux petits-enfants qui ont accompagné les jours de ce que j'appelle « ma deuxième existence ». Ils m'ont beaucoup aidé à vivre dans le présent et face à l'avenir. Mon métier, également, qui m'a passionné et m'a emporté, heureusement, dans un tourbillon de plaidoiries et d'obligations dans lesquelles je me suis immergé autant que je l'ai pu. J'ai toujours trouvé de bonnes raisons pour défendre des prétendus coupables, dont on ne connaissait pas le passé. Il y a des secrets qui ne sont pas avouables et d'autres dont on est seul à connaître la gravité et la splendeur.

Il m'arrive parfois d'aller me promener sur la rive qui fait face à la Digue blanche et de m'asseoir à l'endroit même où nous nous asseyions lors de ces étés lumineux qui s'éloignent inexorablement de moi dans ma mémoire, malgré mes efforts pour les retenir. En fermant les yeux, je devine des ombres près de moi et je tends les mains pour les saisir, mais vainement. J'entends les voix de Séverine et de Charles, aussi fidèles, aussi précieuses qu'alors, du moins il me le semble. Mais aujourd'hui, il faut bien en convenir, elles s'estompent de plus en plus et je sens que l'heure approche d'aller retrouver ceux qui ont illuminé mes années de jeunesse, et peut-être, j'espère, d'en revivre quelques heures près d'eux.

Qui sait si nous n'emportons pas avec nous le meilleur de ce que nous avons vécu sur cette terre ? Au demeurant, je ne crains ni Dieu ni le jugement des hommes. J'ai fait ce que j'ai cru bon pour Séverine et pour Charles. J'ai choisi l'espoir, la beauté, la grandeur, et j'ai refusé la défaite et le malheur. Au fond de moi, dans cette vie qui s'achève paisiblement, je suis persuadé qu'ensemble nous retrouverons les fêtes de l'eau et le temps merveilleux de notre jeunesse. De nouveau réunis dans la vive lumière de ces étés où nous étions si heureux, je suis persuadé qu'il fera beau demain.

NOTE DE L'AUTEUR

Les éléments historiques relatifs au fonctionnement du Special Operations Executive créé par le colonel Buckmaster à l'initiative de Winston Churchill apparaissent dans divers ouvrages, et notamment ceux de Joël Dicker, *Les Derniers Jours de nos pères* (Éditions de Fallois – L'Âge d'Homme) et de Philip Vickers, *La Division Das Reich* (Éditions Lucien Souny).

Je les tiens, pour ma part, essentiellement de mon père, résistant des groupes Vény sur les causses du Lot, réseau Buckmaster. J'ai connu grâce à lui les agents anglais Cyril Watney et George Hiller, qui ont organisé les parachutages d'avant le débarquement du 6 juin 1944, entre Carennac et Miers. Je les ai rencontrés à plusieurs reprises au domicile de mes parents au cours des années 1960, lorsque j'étais adolescent : ils rendaient régulièrement visite à leurs anciens compagnons de combat et, la guerre étant terminée depuis longtemps, ils répondaient volontiers aux questions relatives au SOE auquel ils avaient appartenu.

Du même auteur :

Aux Éditions Albin Michel

LES VIGNES DE SAINTE-COLOMBE :
1. Les Vignes de Sainte-Colombe (Grand Prix des lecteurs du Livre de poche), 1996.
2. La Lumière des collines (Prix des Maisons de la Presse), 1997.

BONHEURS D'ENFANCE, 1996.
LA PROMESSE DES SOURCES, 1998.
BLEUS SONT LES ÉTÉS, 1998.
LES CHÊNES D'OR, 1999.
CE QUE VIVENT LES HOMMES :
1. Les Noëls blancs, 2000.
2. Les Printemps de ce monde, 2001.

UNE ANNÉE DE NEIGE, 2002.
CETTE VIE OU CELLE D'APRÈS, 2003.
LA GRANDE ÎLE, 2004.
LES VRAIS BONHEURS, 2005.
LES MESSIEURS DE GRANDVAL :
1. Les Messieurs de Grandval (Grand Prix de littérature populaire de la Société des gens de lettres), 2005.
2. Les Dames de la Ferrière, 2006.

UN MATIN SUR LA TERRE (Prix Claude-Farrère des écrivains combattants), 2007.
C'ÉTAIT NOS FAMILLES :
 1. Ils rêvaient des dimanches, 2008.
 2. Pourquoi le ciel est bleu, 2009.
UNE SI BELLE ÉCOLE (Prix Sivet de l'Académie française et prix Mémoires d'Oc), 2010.
AU CŒUR DES FORÊTS (Prix Maurice-Genevoix), 2011.
LES ENFANTS DES JUSTES (Prix Solidarité-Harmonies mutuelles), 2012.
TOUT L'AMOUR DE NOS PÈRES, 2013.
UNE VIE DE LUMIÈRE ET DE VENT, 2014.
ENFANTS DE GARONNE :
 1. Nos si beaux rêves de jeunesse, 2015.
 2. Se souvenir des jours de fête, 2016.
DANS LA PAIX DES SAISONS, 2016.
LA VIE EN SON ROYAUME, 2017.
MÊME LES ARBRES S'EN SOUVIENNENT, 2019.

Aux Éditions Robert Laffont

LES CAILLOUX BLEUS, 1984.
LES MENTHES SAUVAGES (Prix Eugène-Le-Roy), 1985.
LES CHEMINS D'ÉTOILES, 1987.
LES AMANDIERS FLEURISSAIENT ROUGE, 1988.
LA RIVIÈRE ESPÉRANCE :
 1. La Rivière Espérance (Prix La Vie-Terre de France), 1990.
 2. Le Royaume du fleuve (Prix littéraire du Rotary International), 1991.
 3. L'Âme de la vallée, 1993.
L'ENFANT DES TERRES BLONDES, 1994.

Aux Éditions Seghers

ANTONIN, PAYSAN DU CAUSSE, 1986.
MARIE DES BREBIS, 1986.
ADELINE EN PÉRIGORD, 1992.

Albums

LE LOT QUE J'AIME, Éditions des Trois Épis, Brive, 1994.
DORDOGNE, VOIR COULER ENSEMBLE ET LES EAUX, ET LES JOURS, Éditions Robert Laffont, 1995.
UNE SI BELLE ÉCOLE, Éditions Albin Michel, 2014.

Le Livre de Poche s'engage pour l'environnement en réduisant l'empreinte carbone de ses livres. Celle de cet exemplaire est de :
150 g éq. CO$_2$
Rendez-vous sur
www.livredepoche-durable.fr

Composition réalisée par NORD COMPO

Achevé d'imprimer en France par
CPI BRODARD & TAUPIN (72200 La Flèche)
en mars 2021
N° d'impression : 3043084
Dépôt légal 1re publication : février 2020
Édition 04 - mars 2021
LIBRAIRIE GÉNÉRALE FRANÇAISE
21, rue du Montparnasse – 75298 Paris Cedex 06

12/2159/1